타박타박
타박네야

타박타박
타박네야

김상훈 엮음

보리

겨레고전문학선집을 펴내며

우리 겨레가 갈라진 지 반백 년이 넘어서고 있습니다. 그러나 함께 산 세월은 수천, 수만 년입니다. 겨레가 다시 함께 살 그날을 위해, 우리가 함께 한 세월을 기억해야 합니다.

예부터 우리 겨레가 즐겨 온 노래와 시, 일기, 문집 들은 지난 삶의 알맹이들이 잘 갈무리된 보물단지입니다.

그동안 남과 북 양쪽에서 고전 문학을 되살리려고 줄곧 애써 왔으나, 이제껏 북녘 성과들은 남녘에서 좀처럼 보기 어려웠습니다.

북녘에서는 오래 전부터 우리 고전에 깊은 관심과 사랑을 보여 왔고 연구와 출판도 활발히 해 오고 있습니다. 그 가운데 〈조선고전문학선집〉은 북녘이 이루어 놓은 학문 연구와 출판의 큰 성과입니다. 〈조선고전문학선집〉은 가요, 가사, 한시, 패설, 소설, 기행문, 민간극, 개인 문집 들을 100권으로 묶어 내어, 고전을 연구하는 사람들과 일반 대중 모두 보게 한, 뜻 깊은 책들입니다. 한문으로 된 원문을 현대문으로 옮기거나 옛글을 오늘의 것으로 바꾼 성과도 놀랍고 작품을 고른 눈도 참 좋습니다. 〈조선고전문학선집〉은 남녘에도 잘 알려진 홍기문, 리상호, 김하명, 김찬순, 오희복, 김상훈, 권택무 같은 뛰어난 학자분들이 머리를 맞대고 연구한 성과를 1983년부터 펴내기 시작하여 지금도 이어 가고 있습니다.

보리 출판사는, 조선민주주의인민공화국 문예 출판사가 펴낸 〈조선고전문학선집〉을 〈겨레고전문학선집〉이란 이름으로 다시 펴내면서, 북녘 학자와 편집진의 뜻을 존중하여 크게 고치지 않고 그대로 내는 것을 원칙으로 삼았습니다. 다만, 남과 북의 표기법이 얼마쯤 차이가 있어 남녘 사람들이 읽기 쉽게 조금씩 손질했습니다.

이 선집이, 겨레가 하나 되는 밑거름이 되고, 우리 후손들이 민족 문화유산의 알맹이인 고전 문학이 지니고 있는 아름다움을 제대로 맛보고 이어받는 징검다리가 되기 바랍니다. 아울러 남과 북의 학자들이 자유롭게 오고 가면서 남북 학문 공동체가 이루어지는 날이 하루라도 앞당겨지기 바랍니다. 그리고 이 자리를 빌려, 어려운 처지에서도 이 선집을 펴내 왔고 지금도 그 작업에 몰두하고 있는 북녘의 학자와 출판 관계자들에게 고마운 마음을 전합니다.

2004년 11월 15일
보리 출판사

차 례

시아버지 호랑새요 시어머니 구중새요

골목골목 자랑 댕기 동네방네 구경 댕기

에헤로 찧어로 방아로구나

어허둥둥 내 사랑이야

갈까부다 갈까부다 님을 따라 갈까부다

타박타박 타박네야

어데까지 왔노 안중안중 멀었네

자장자장 우리 아가

■일러두기

1. 《타박타박 타박네야》는 북의 문예 출판사에서 1983년에 펴낸 《가요집 1》과 《가요
   집 2》를 다시 분류하여 보리 출판사가 펴내는 것이다.

2. 엮은이와 북 문예 출판사 편집진은 다음과 같은 원칙으로 《가요집》을 편집했다. 보리
   편집부는 문예출판사의 뜻을 존중하는 것을 큰 원칙으로 하였다.
   ㄱ. 고조선부터 고려 때 노래까지는 시대순으로 분류하였고, 그 뒤의 노래들은 내용에
       따라 분류하였다.
   ㄴ. 고대 가요는 원문과 옛 표기를 그대로 두었으나, '아래 아'를 비롯 옛 자음과 옛 모
       음은 쓰지 않았다.
   ㄷ. 노래의 특성을 살리기 위해, 뜻을 알기 어렵거나 표기를 확정하기 힘든 것은 그대로
       두었다. 다만 잘못된 기록인 것이 분명하고 뜻이 통하지 않는 것은 바로잡았다.
   ㄹ. 배경 이야기가 함께 전해지는 노래들은 되도록 그 사연을 밝혔다.
   ㅁ. 사투리나 입말들도 대부분 그대로 두었다.

3. 맞춤법과 띄어쓰기는 '한글 맞춤법'을 따랐다.
   ㄱ. 한자어들은 두음법칙을 적용했고, 단모음으로 적은 '계'나 '폐'자를 '한글 맞춤
       법'대로 했다.
       예 : 로망→노망, 념려→염려, 핑게→핑계

   ㄴ. 'ㅣ'모음동화, 사이시옷, 된소리 따위의 표기도 '한글 맞춤법'대로 했다.
       예 : 피여나다→피어나다, 베개머리→베갯머리, 빛갈→빛깔

시아버지 호랑새요
시어머니 꾸중새요

귀먹어서 삼년이요 눈어두워 삼년이요
말못해서 삼년이요 석삼년을 살고나니
배꽃같은 요내얼굴 호박꽃이 다되었네
삼단같은 요내머리 네사리춤 다되었네
백옥같은 요내손길 오리발이 다되었네

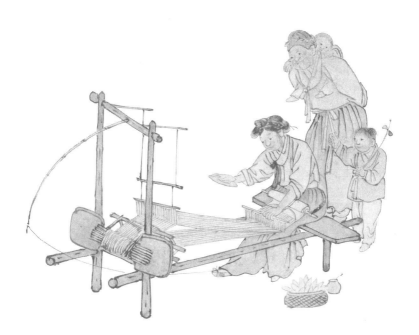

노처녀 노래 1

인간 세상 사람들아 이내 말씀 들어 보소
인간 만물 생긴 후에 금수 초목 짝이 있다
인간에 생긴 여자 부귀 자손 같건마는
이내 팔자 험궂을손 날 같은 이 또 있는가
백년을 다 살아야 삼만육천 날이로다
혼자 살면 천년 살며 정녀貞女 되면 만년 살까
답답한 우리 부모 가난한 좀양반이
양반인 체 도를 차려 처사가 불민하여
괴망을 일삼으니 과만한 딸 늙어간다
적막한 빈방 안에 적요하게 홀로 앉아
전전불매輾轉不寐[1] 잠 못 이뤄 혼자 사설 들어 보소

노망한 우리 부모 날 길러 무엇 하리
죽도록 날 길러서 잡아 쓸까 구워 쓸까
인간 배필 혼취함은 예부터 있건마는
어떤 처녀 팔자 좋아 이십 전에 시집간다
남녀 자손 시집 장가 떳떳한 일이건만

---

1) 몸을 뒤척이며 잠들지 못함.

이내 팔자 기험崎險하여 사십까지 처녀로다
이런 줄을 알았으면 처음 아니 나올 것을
월명 사창 긴긴밤에 침불안석 잠 못 들어
적막한 빈방 안에 오락가락 다니면서
장래사 생각하니 더욱 답답 민망하다
부친 하나 반편이요 모친 하나 숙맥불변
날이 새면 내일이요 해가 쇠면 내년이라
혼인 사설 전폐하고 가난 사설뿐이로다
어데서 손님 오면 행여나 중매신가
아이 불러 힐문2)한즉 풍헌 약정3) 환자 재촉
어데서 편지 왔나 행여나 청혼선가
아이더러 들어 보니 외삼촌의 부음이라
애달프고 설운지고 이내 간장을 어이할꼬

앞집에 아우아기 벌써 자손 보단 말가
동편집 용골녀는 금명간今明間에 시집가네
그동안의 무정세월 시집가서 풀련마는
친구 없고 혈속 없어 위로할 이 전혀 없고
우리 부모 무정하여 내 생각 전혀 없다
부귀빈천 생각 말고 인물 풍채 마땅커든
처녀 사십 나이 적소 혼인 거동 차려 주오

---

2) 따지고 물어봄.
3) 조선 시대 고을 수령을 도와 세금을 부과하는 따위의 고을 행정과 교화를 담당했던 사람.

김동이도 상처하고 이동이도 기처棄妻⁴⁾로다
중매 할미 전혀 없네 날 찾을 이 어이 없노
감장 암소 살져 있고 봉사 전답 갖건마는
사족 가문 가리면서 이대도록 늦히노니
연지분도 있건마는 성적成赤⁵⁾ 단장 전폐하고
감장 치마 흰 저고리 화경 거울 앞에 놓고
원산遠山 같은 푸른 눈썹 세류 같은 가는 허리
아름답다 나의 자태 묘하도다 나의 거동
흐르는 이 세월에 아까울손 나의 거동
거울더러 하는 말이 어화 답답 내 팔자여
갈 데 없다 나도 나도 쓸데없다 너도 너도
우리 부친 병조판서 할아버지 호조판서
우리 문벌 이러하니 풍속 좇기 어려워라

어느덧 춘절 되니 초목 군생 다 즐기네
두견화 만발하고 잔딧잎 속잎 난다
삭은 바자 쟁쟁하고 종달새 도두 뜬다
춘풍야월春風夜月 세우시細雨時에 독숙공방 어이할꼬
원수의 아이들아 그런 말 하지 마라
앞집에는 신랑 오고 뒷집에는 신부 가네
내 귀에 듣는 바는 느낄 일도 하고많다

---

4) 칠거지악을 이유로 아내를 버림.
5) 혼인날 신부가 얼굴에 분 바르고 연지를 찍는 일.

녹양방초 저문 날에 해는 어이 수이 가노
초로 같은 우리 인생 표연히 늙어가니
머리채는 옆에 끼고 다만 한숨뿐이로다
긴 밤에 짝이 없고 긴 날에 벗이 없다
앉았다가 누웠다가 다시금 생각하니
아마도 모진 목숨 죽지 못해 원수로다

노처녀 노래 2

저 건너 저 밭들은 원전이냐 속전이냐[1]
나와 같이 묵어가네
오라바예 오라바예 대문 밖에 손님 왔소
객사에 모셔다가 청동화로에 불 펴 놓고
담배 한 대 권하시오
메밀쌀이 한 말이면 만적관을 하련마는[2]
대수탉이 한 마리면 만적관을 하련마는
목똑상[3]이 한 죽이면 만적관을 하련마는
나무절이 한 단이면 만적관을 하련마는
쇠첩[4]이 한 죽이면 만적관을 하련마는
중매 들자 오신 손님 푸대접을 왜 하시오
농사도 때가 있고 사람도 때가 있어
그 한때 놓치면은 논밭처럼 묵는다오

---

1) 원전은 해마다 농사짓는 밭인 정전. 속전은 땅이 나빠 연이어 농사짓기 어려운 밭.
2) 흐뭇한 대접을 하련마는.
3) 나무로 만든 조그마한 밥상.
4) 쇠 접시.

인간 만사 설운 중에

어와 이 몸이여 섧고도 분한지고
인간 만사 설운 중에 이내 설움 같을쏜가
설운 말 하자 하니 부끄럽기 측량없고
분한 말 하자 하니 가슴 답답 그 뉘 알리
남모르는 이런 설움 천지간에 또 있는가
이 설움 어이 풀랴 풀 길이 바이없네

내 비록 병신이나 남과 같지 못할쏘냐
내 얼굴 얽다 마소 얽은 굶에 슬기 들고
내 얼굴 검다 마소 분칠하면 아니 흴까

내 얼굴 볼작시면 곱든 비록 아니 하나
일등 수모¹⁾ 불러다가 헌거룹게 단장하면
남들 다 맞는 남편 난들 설마 못 맞을까

얼굴 모양 그만두고 시속 행실 으뜸이라
내 본시 총명키로 무슨 노릇 못 할쏘냐

---

1) 혼인날 신부를 단장시키고 곁에서 도와주는 여자.

효행록 열녀전을 무수히 숙독하매
모를 행실 바이없고 구고 봉양 못 할쏘냐

행실 자랑 이만 하고 재주 자랑 들어 보소
도포 짓는 수품 알고 홑옷이며 핫옷이며
누비 상침 모를쏜가

슬기가 이만하고 재주가 이만하면
음식 숙설²⁾인들 무엇을 못 할쏜가
수수전병 부칠 제는 외꼭지를 잊지 말며
상추쌈을 먹을 제는 고추장이 제일이요
전국장³⁾을 담을 제는 묵은 콩이 맛이 없네
청대콩은 삶지 말고 모닥불에 구워 먹소

내 재간 이러하고 내 솜씨 이렇건만
내 모양 볼작시면 어른인지 아이런지
바람맞은 병신인지 광객인지 취객인지
열없기 그지없고 부끄럽기 한이 없네

운빈홍안雲鬢紅顔⁴⁾ 용모만이 세상에서 제일인가

---

2) 잔치 음식을 장만함.
3) 청국장.
4) 머리털이 탐스럽고 얼굴이 고운 여자의 모습을 이르는 말.

긴 한숨 짜른 한숨 나오나니 한숨이라
먹는 것도 귀치 않고 입는 것도 좋지 않다

어른인 체하자 하니 머리 땋은 어른 없고
아이인 척하자 하니 귀밑머리 성글었네
서글프고 한스러워 부르나니 노래로다

상금상금 쌍가락지

상금상금 쌍가락지 호작질[1]로 닦아내어
먼 데 보니 달일레라 곁에 보니 처잘레라
그 처자야 자는 방에 숨소리도 둘일레라
홍달 반달 오라버니 거짓 말쌈 말아주소
동남풍이 뒤로 부니 풍지 떠는 소릴레라
조고마한 재피방[2]에 비상불을 피워 놓고
열두 가지 약을 놓고 댓잎 같은 칼을 물고
명주 전대 목을 매어 자는 듯이 죽고지라
오라버니 내 죽거든 앞산에도 묻지 말고
뒷산에도 묻지 말고 연대 밑에 묻어주소
연꽃이라 피거들랑 날 핀 줄로 알아주소

1) 손으로 열심히 닦아 광을 내는 것.
2) 곁방.

쌍금쌍금 쌍가락지

쌍금쌍금 쌍가락지 호작질로 닦아내어
먼 데 보니 달이로세 곁에 보니 처자로세
그 처자 자는 방에 숨소리가 둘이로세
천대박시 울 오랍씨 거짓 말쌈 말아 주소
꾀꼬리가 그린 방에 참새같이 내 누웠소

처녀 총각

사천이라 묘한지라 길주 명천 가시다가
빨래하네 빨래하네 색시들이 빨래하네

쉰 냥짜리 거두 부채 색시 앞에 던져 놓고
그야 부채 주워 주면 색시 체면 떨어지나
도령 집은 어디관데 해 빠진데 길을 가노
우리 집을 볼라거든 대구 땅에 내리달아 정 동지네 손잘레라
색시 집은 어디관데 해 빠진데 빨래하노
우리 집을 볼라거든 의성 땅에 내리달아 김 선달네 손녈레라

글로 해서 얻은 병이 무당 들여 굿을 한들 굿발이나 받을쏘냐
의원 들여 약을 쓴들 약발이나 받을쏘냐
봉사 들여 독경한들 독경발을 받을쏘냐
바람 불어 누운 남기 눈비 와서 일어나리
님을 봐야 일어나지

우리 할배 거동 보소 오간청[1]을 뛰굴리네

---

1) 마루.

우리 아배 거동 보소 외올망건 두르치며
통영갓을 눈에 쓰고 시시삼산 접보선에
육날미툴 담아 신고 백두 역말[2] 집어 타고
마부 없는 말을 타고 의성 땅에 내리달아
김 선달네 대문 밖에 백두 역말 매어 놓고
대문 안에 들어서서 나서거라 나서거라 어서 바삐 나서거라
삼대독자 외동아들 널로 해서 얻은 병이
나날이도 짙어 가고 다달이도 짙어 오네

모시 문포[3] 시문포솔 솔솔드리 단장해라
은가락지 쪼흡디이 지하물에 단장해라
대구 땅에 내리달아 정 동지네 대문 안에 사랑 앞에
꽃이 폈네 웃음소리 꽃이 폈네 말이화초 꽃이 폈네

---

2) 머리 흰 역말. 역말은 옛날에 일정한 거리마다 역을 두고 교통, 통신 수단으로 준비해 두었던 말.
3) 삼베.

삼단 같은 머리 흰 댕기가 웬일이냐

그믐에 벗은 옷을 초승에 씻다가
난데없는 도롱새[1]가 물 떠 달라 하시기로
아랫탕물 제쳐 놓고 윗탕물을 떠다 주니
그 물마다 쏟아 붓고 아랫탕물 떠 달래서
그 물 먹고 사흘 만에 붐[2]이 왔네 붐이 왔네
죽었다고 붐이 왔네
한 손으로 받아가주 두 손으로 쥐어 보니
아배 아배 우리 아배
삼단같이 긴 머리 끝만 풀까 반만 풀까
에라 야야 물러쳐라 푸는 김에 내풀어라
삼단같이 많은 머리 흰 댕기가 웬일이냐
분결 같은 이내 손에 대막대기 웬 말이고
분홍 치매 입던 몸에 상포 치매 웬 말이고
쪽저고리 입던 몸에 흰 저고리 웬 말이고
꽃댕이[3] 신던 발에 짚신 신이 웬 말이고

---

1) 도령. 총각.
2) 부음. 사람이 죽었다는 부고.
3) 꽃당혜, 꽃신.

삼사월 긴긴해에 말 한마디 해 봤던가
동지섣달 긴긴밤에 잠 한숨 자 봤을까
백년언약 맺으려고 말 한마디 던져 놓고
내 신세가 요리 되나

강남달 강 처자는

강남달 강 수재는
글씨 좋아 소문나고
강남달 강 처자는
인물 좋아 소문나고

얼굴이나 보나세나
연지분에 빠진 듯이
입술구리 보나세나
연지분을 찍은 듯이
잇몸을 보나세나
석류씨를 박은 듯이
눈썹을 보나세나
새 눈썹을 그린 듯이

금강산 저고리라
옥단천 깃을 달아
두 자 고름 집어 달아

■ 길쌈하면서 많이 불렀다고 한다.

맵시 있게 잘 파 입고
삼승보선 접보선에
아기자기 모아 신고

닥쳤구나 닥쳤구나
잔칫날이 닥쳤구나
집안을 보나세나
서른석 자 차일 치고
장독간을 보나세나
삼재도매 걸쳐 놓고

안 오시네 안 오시네
수재씨가 안 오시네
찾아가세 찾아가세
아부지는 백말 타고
요내 나는 흰 가마 타고
찾았구나 찾았구나

한 대문을 열고 보니
씨도씨도 시아바씨
애슬프다 우리 며늘
수산에다 꽃을 두고
또 한 대문 열고 보니
씨도씨도 시어마씨

애슬프다 우리 며늘
수산에다 꽃을 두고
또 한 대문 열고 보니
씨도씨도 시누씨가
애슬프다 우리 올케
수산에다 꽃을 두고

찾았구나 찾았구나
수재 방을 찾았구나
아부지요 저것 보소
어찌 보면 웃는 것고
어찌 보면 자는 것고
깎아 주소 깎아 주소
나무패[1]나 깎아 주소

---

1) 신주. 죽은 사람의 위패.

모시 도포 시도포

모시 도포 시도포[1]
시 가시[2]에 말아 내어 실경 위에 얹어 놓니
앉았다네 앉았다네 먼지 한 겹 앉았다네
헹구러 가네 헹구러 가네 황구월석 너른 물에
옥돌을랑 마주 놓고 쿵덕철썩 헹구다니
올라가는 과거 선비 내리가는 과거 선비
우리 선비 안 오던가 오기사 오데마는 칠성판에 실려 오네
아이고 답답 내 팔자야
마상馬上을랑 어따 두고 칠성판에 실려 오노
천동한동 집에 와서 댕기 풀어 낡에 걸고
머리 풀어 산발하고 쉰 냥짜리 은가락지 중우란에 떨쳐 메고
감둥까진[3] 신던 발이 짚시기사 웬 말이고
갑사치마 입던 몸에 상포치마 웬 말이고
한 모룽이 다다르니 연정대[4]가 뻔쩍뻔쩍
두 모룽이 돌아가니 행상소리[5] 진동하네

---

1) 세 도포. 가는 천으로 만든 도포.
2) 세 가위. 가위질을 세 번 해서.
3) 까만 갑사 비단신.
4) 명정대. 장례 행렬 앞에 들고 가는 붉은 천을 달아맨 장대.

시 모리 돌아가니 곡소리가 진동하네

너는 이왕 죽었은들
날랑 죽어 약쑥 되고 너는 죽어 굼기 되어
오월이라 초닷샛날 머릿날[6]에 만나 보세
널랑 죽어 쟁피 되고 날랑 죽어 주사 되어[7]
약방에서 만나 보세
너는 죽어 제비 되고 나는 죽어 남기 되어
오월이라 초단오에 추천 줄에 만나 보세
너는 죽어 봄무우 되고 날랑 죽어 봄배추 되어
봄바람에 만나 보세
널랑 죽어 잉어 되고 나는 죽어 붕어 되어
황구월석 너른 물에 둥실 떠서 만나 보세
널랑 죽어 칡이 되어 나도 죽어 칡이 되어
만첩산중 썩 드가서 칡이 한 쌍 갱겨 보세[8]
널랑 죽어 대가 되고 날랑 죽어 분내 되어
서울이라 짓치달아 황구사 사랑 앞에 꽃밭에 만나 보세

---

5) 상엿소리.
6) 수릿날. 일 년 중 반이 지나고 새로 시작하는 날이란 뜻으로 단오를 수릿날이라고도 한다. 이때 쑥
을 뜯어서 일 년 동안 약으로 썼다.
7) 쟁피는 창포. 단옷날 창포 뿌리를 깎아 붉은 주사를 바르고 머리에 꽂았다.
8) 감겨 보세.

이 호방네 딸애기가

이산 저산 낭글 비어 시내 시청 배를 모아
허두 둥둥 한바닥에 귀비 동동 띄워 놓고
청상 노래 가드라소 만상 노래 가드라소

숫구대비 수만대야 만수백대 울 오라배
서울이라 가실 적에 가다가도 죽었거든
이 호방네 딸애기가 백년해로 맺었더니
죽었다고 기별 오니 살았을 곳 또 있을까

뒷동산에 짓치달아 석자 세치 명주 수건
목을 매어 늘어졌다 가다가도 죽었으니
앞에 가는 바람새야 뒤에 가는 구름새야
우리 집 거리 가거들랑 우리 부모께 소식 전케

우리 어매 알게 되면 치마 벗고 쫓아올라
우리 아배 알게 되면 버선 벗고 쫓아올라

이 선달네 맏딸애기

달이 떴네 달이 떴네 삼각 국화 달이 떴네
저 달 잡아 정한 맺어 이 아픔을 풀어 볼까

이 선달네 맏딸애기 어 잘났다 소문 듣고
한 번 가도 못 볼레라 두 번 가도 못 볼레라
삼세번 거듭 가서 삼생언약 맺었다네

어이할꼬 어이할꼬 세상사 기구하여
이 선달네 맏딸애기 바람결에 싸여 가네
그 옷치장 볼작시면 구름 속의 선녀로다
널칠비칠 쪽저고리 명주고름 슬비 달아
수야 비단 화단 치마 쌍무지개 말을 대어
청무[1] 일쌍 끈을 달아 허리 잘숨 잘라 입고
물명주 타래 속곳 우춤주춤 질러 입고
외씨 같은 겹보선은 두 발 담쏙 담아 신고
삼단 같은 이내 머리 구름같이 흩은 머리
어리설설 가려내어 전반도리 넓게 땋아

---

1) '무'는 윗옷 양쪽 겨드랑이 아래에 대는 딴 폭.

궁초댕기 끝 맞물려 맺었네라 맺었네라
붕어 맺음 맺었네라
붕어 맺음 맺어 내어 뒤로 휘끈 재쳐 놓고
들기 싫은 가마 문에 앉기 싫은 꽃방석에
넘기 싫은 문경새재 서기 싫은 임금 앞에
하기 싫은 절을 하고 들기 싫은 금잔 들고
차름차름 술을 부어 한번 넘쳐 올리다가
깨었도다 깨었도다 금잔 옥잔 깨었도다
여보 당신 시선배요 저 죽는 것 한 마시오
아름다운 이 가정에 인생 예절 못다 하니
한할 수가 있으리까
그 자리에 돌아서서 분벽사창 빈방 안에
벼룻박에 별이 돋고 철창에는 달이 돋아
화포 요에 피가 듣네
무자이불2) 널리 펴고 자옥 베개 도두 베고
지어 보세 지어 보세 노래 한 장 지어 보세

금잔 옥잔 가옥잔은 은을 주어 사건마는
현철한 우리 안해 은을 주면 사겠는가 금을 주면 사겠는가
밤새도록 울고 나니 소沼이 졌네 소이 졌네 베갯머리 소이 졌네
그걸사 소이라고 오리 한 쌍 거위 한 쌍 쌍쌍이 떠서 도네

---

2) 알록달록 물들인 이불.

배나뭇골 배 좌수 딸

배나뭇골 배 좌수 딸
머리 좋고 실한 처녀
예장 받고 죽었더라
칠푼 팔푼 다 줄 테니
너의 머리 나를 다고

조금조금 더 살더면
떡동이를 받을 것을
죽동이가 웬일인가

조금조금 더 살더면
구경꾼이 만당할 걸
초상꾼이 웬일인가

조금조금 더 살더면
가마 두 채 올리울 걸
상여 두 채 웬 말인가

조금조금 더 살더면

새신랑과 마주 설 걸
지부왕[1]과 마주 섰네

조금조금 더 살더면
화포花布 포단[2] 깔고 놀 걸
칠성판이 웬 말인가

조금조금 더 살더면
초록 이불 덮고 잘 걸
잔디 이불 웬 말인가

조금조금 더 살더면
원앙금침 베고 놀 걸
돌베개가 웬 말인가

---

1) 염라대왕을 달리 이르는 말.
2) 꽃무늬를 박은 무명으로 안쪽을 시친 이불. 주로 혼인 때 쓴다.

의령 땅에 곽 처자는

의령 땅에 곽 처자는 재간 좋다 소문 듣고
진주 땅에 강 수재는 글씨 좋다 소문 듣고
헐기다가[1] 헐기다가 한 이삼 년 헐기다가
진진 삼월 열엿샛날 대사일을 받아 놓고
부고 왔네 부고 왔네 의령 땅서 부고 왔네

한 손으로 받은 부고 두 손으로 펴어 보니
신부 죽은 부고로다 돌아서소 돌아서소
할버님도 돌아서소 아버님도 돌아서소
뒤에 오는 아래 하인 돌아서게 돌아서게
기우지리[2] 냈든 장개 내가 가서 다녀오마

신교[3] 가마 다 버리고 다솔 하인 다 버리고
죽장망혜 단 몸으로 한 모롱이 돌아서고
또 한 모롱 돌아섰네

---

1) 견주어 보며 결정을 못 하다가.
2) 기왕지사.
3) 승교. 혼례 때 신랑이 타는, 뚜껑이 없는 작은 가마.

청오치마 청도포에 백소아지 바지돕지
남소아지 배자다가 진주 물린 백노토지
무주 비단 한 이불을 덮은 듯이 던져 놓고
원앙금침 잣베개[4]는 둘이 베자 지어 놓고
굴레 같은 은가락지 수아지 고름에 걸맺어 놓고
전반 같은 감은 머리 어깨 너머 던져 있네

앉아 우네 앉아 우네 장인 장모 앉아 우네
울지 마소 울지 마소 장인 장모 울지 마소
천태산 넓은 벌에 살 썩히는 제만 할까
만태산 깊은 골에 울고 가는 내만 할까
날 줄라고 지은 밥상 사자밥에 마련하소
날 줄라고 지은 큰상 성복제에 마련하소

---

4) 헝겊 조각을 고깔로 접어 돌려 가며 꿰매 베개 양쪽 머리가 잣 모양이 되게 만든 베개.

하동 땅에 한 선비가

하동 땅에 한 선비가 밀양 땅에 장가들어
앞집에는 궁합 보고 뒷집에는 책력 보고
책력에도 아니 맞고 궁합에도 아니 맞고
그나저나 가 본다고 활등같이 굽은 길에 화살같이 쐬 나간다

한 모랭이 넘어가니 까치 새끼 찌죽째죽
또 한 모래 넘어가니 여우 새끼 캉캉 짖고
또 한 모래 넘어가니 혼자婚資 탄 말 죽는구나
또 한 모래 넘어가니 상객1) 탄 말 죽는구나
또 한 모래 넘어가니 신랑 탄 말 죽는구나

그나저나 가 본다고 말 세 마리 얻어 타고 또 한 모래 넘어가니
새털 벙치 젖혀 쓰고 대작대기 짤짤 끌고
한 손으로 주는 편지 두 손으로 받아 쥐고
공손스레 펴어 보니 신부 죽은 부고로다

앞에 가던 혼새비야 뒤에 오는 상객 양반 오던 길로 도로 가소

---

1) 혼인 때, 가족 중에서 신랑이나 신부를 데리고 가는 사람.

그나저나 가 본다고 기왕지사 온 걸음에
한 대문을 열고 보니 상두꾼이 줄 드리고
두 대문을 열고 보니 목수꾼이 상부²⁾ 짜고
세 대문을 열고 보니 장모님이 울음 우네

울지 마오 울지 말고 초당 방문 열어 주오
초당 방문 열고 보니 꽃 같은 저 가슴아
둘이 베자 하던 베개 제 혼자 베고 자는 듯이 누웠구나
네 폭 잡아 만든 이불 둘이 덮고 자려던 걸 제 혼자만 덮었구나
아이고아이고 내 팔자야 이놈 팔자 와 이러노

---

2) 상여.

이항식이 장개가네

장개가네 장개가네 이항식이 장개가네
나부 같은 옷을 입고 범나비라 띠를 매고
다락 같은 말을 타고 한 모팅이 돌아가니
하인 오네 하인 오네
어데서 하인 오노 새 곳에서 하인 오네
어이 그리 하인 오노 산고 졌다 하인 오네

아배 탄 말 내가 타고 내가 가서 보고 옴세
골목에라 들어서니 경구 새끼 들어나네
마당 안에 들어서니 미역 내가 솔솔 나네
방 안에는 피못일세 마당에는 연못일세

잉에 솥에 저 국시는 어느 잔치 할라고 저리 공중 해 났던고
바드작 펜 듯 저 산적은 어느 하인 줄라고 저리 공중 해 났던고
모시도포 시도포는 어느 사위 줄라고 저리 공중 해 났던고

여보 도령 이왕이면 놓은 애기 이름이나 지어 주고 가소 그래
내 어떻다 이름 지리 아그래기 이름 지어 아글아글 잘살아라

사위 사위 내 사위야 인물생이 나쁘더냐 거래생이 나쁘더냐
인물생도 거래생도 나쁘지야 않지마는 당신 딸의 행실 보소

솜씨나 보고 가소 말 탄 새에 버선 기워 솜씨 보라 던져 주니
내 어떻다 신으리오 아그래기 이름 지어 아글아글 잘살아라

모시고개 시고개 이슬 있어 어이 가리
수양버들 꺾어 쥐고 이리 치고 저리 치고 위렁저렁 가 버리네

못 가겠네

큰길 건너 가재도
말썽 많아서 못 가겠네
산 너머로 가재도
범 무서워서 못 가겠네
성안으로 가재도
풍경 소리 요란해 못 가겠네
아랫마을로 가재도
큰물 무서워 못 가겠네
장마당으로 가재도
술내음 나서 못 가겠네
역마을로 가재도
망아지 뛸까봐 못 가겠네

■ 옛날 처녀들이 시집살이가 어려움을 걱정하여 부른 노래이다.

석별가

신행 갈 동무들아 석별가 들어 보소
인간 세상 슬픈 것이 이별밖에 더 있는가
이별 중에 설운 것이 생이별이 제일일세
부모 은덕 지중하나 이별하면 그뿐이요
동무 정의 자별하나 이별하면 다 잊나니
이십 년 놀던 인정 부모 골육 같이 타서 세상에 났건마는
슬하에 자라나서 남녀 소처所處¹⁾ 판이하다
남의 견문 다 못 보고 심규深閨에 갇혀 앉아
의복 음식 잘골몰을 역력히 다추다가²⁾
세월이 여류하여 이팔광음³⁾ 다닥치니
옛 법을 쫓아서라 성인成人이 되단 말가
무심한 남자들은 성인하면 좋다 하나
여자 골몰 생각하니
춘하추동 사시절에 정성定省⁴⁾하기 골몰이요

■ 조선 시대 규방 가사로, 경북 지방에 널리 전한다.
1) 남자와 여자의 처지.
2) 자질구레한 집안일들을 또렷이 배워 다루어 추스르다가.
3) 이팔청춘 젊은 시절.
4) 부모를 아침저녁 섬기는 것. 혼정신성昏定晨省.

토시 보선 줌치 등을 잔일하기 골몰이요
그중에 여가 나면 제 옷 하기 분주하다
일년이 다 가도록 마음 펴고 놀 때 없네

한식과 단오절은 총총히도 지나가고
추석 중구[5] 세시 때는 몽중에 의회하다
평생에 즐기던 일 윷과 척사 아니런가
우리 언제 조용하여 싫도록 놀음할꼬
삼오, 이팔 처녀들아 너희 부디 잘 놀아라
아이 때 못다 놀면 성인한 후 여한이다
동지섣달 긴긴밤에 밤새도록 잠 못 자고
삼사월 긴긴해에 해 지도록 일을 하나
일도 일도 많을시고 신행 전 일 하도 많다
하노라 하여 내도 어데서 솟아나고 마음 쉬기 어렵도다
발 모르고 보선 깁고 품 모르고 큰옷 할 제
이리하면 맞으실까 저리하면 실수될까
남의 성품 내 모르고 성문고안盛門高眼 치소 될까[6]
허다한 바느질을 근근이 거진 하고
농문을 열고 보니 할 일도 새로 있네
명주 비단 고운 가음 누비질 언제 하며
백포 황포 장찬 가음 푸새 다듬[7] 누가 할꼬

---

5) 9월 9일 중양절.
6) 안목 있는 가문에 웃음거리가 될까.
7) 옷에 풀 먹이고 다듬이질하는 것.

춘추복 누비 할 제 열 손가락 다 파이고
동하복 누비 할 제 두 팔이 휘절린다

귀찮고 괴로워라 평생이 얼마 되리
내사 싫다 놓고 보자 아니 하면 그뿐이지
제바람에 성이 나서 울며불며 다니다가
상방에 들어가서 방문을 닫아걸고
이불을 덮어쓰고 적막히 누웠으니
물어도 말이 없고 불러도 대답 없네
다시금 생각하니 내 목숨 죽기 전에 일 못 하고 어찌하리
이리하여 아니 될다 왈칵이 일어앉아
이문 저문 열어 놓고 이농 저농 찾아낼 제
침척8)이 어데 갔노 상하 의복 말라 보세
인도 전도9) 찾아내서 여기저기 던져 놓고
중침 세침 가려내서 이실 저실 꿰어 놓고
유록이며 진홍이며 척수 맞게 지어 두고
다홍이다 반물이다 주름 잡아 하여 낼 제
우리 자모 거동 보소
사랑으로 하신 말씀 기절코서 이상하다
우리 규수 기특하다
한집안에 생장해도 너의 수품 내 몰랐네

---

8) 바느질할 때 쓰는 자.
9) '인도'는 인두, '전도'는 가위.

깃달이[10] 볼작시면 반달체로 넌짓 달고
도련을 살펴보니 앞뒤가 간중하다
한 일을 두고 보면 열 일을 안다 하니
깃 도련이 저만하면 다른 것사 같으리라
너의 일 다 한 후에 여러 동무 한가커든
추월춘풍 좋은 때에 온갖 놀음 시켜 주마

가소롭다 여자 행지[11] 고법古法이 무엇인고
신행날 받아 오니 나의 마음 어떻더냐
처음에는 좋은 듯이 제 일에 골몰하여 분주로 모르다가
받은 날이 가즉 와서 신행을 생각하니
비희悲喜가 상반이라 일넘엔 가탄可歎일세
중심으로 하는 말이 내 임의로 하게 되면
평생이 다 가도록 가고 오고 하고저라
그렁저렁 나달 가서 하룻밤 지격이라[12]
동무 친척 다 모여서 작별을 하려 하니
그제야 대경하여 내 어디로 가잔 말고
부모 동기 삼사촌이 늘인 듯이 굳게 있고
재종 동류[13] 놀던 이는 좌우에 벌였는데
친밀 은정 다 떼치고 내 어디로 가자느냐

---

10) 옷에 깃을 단 솜씨. 아래 '도련'은 저고리 앞자락의 가장자리.
11) 여자의 행동. 여기서는 시집가는 것을 뜻한다.
12) 그럭저럭 날이 가고 달이 가서 하룻밤 남아 있다는 뜻.
13) 사촌, 육촌 형제들과 동무들.

가즉 하면 동향同鄉이요 멀리 가면 타향이라
동향이나 타향이나 길 떠나기 일반이니
꿈결에나 보았는가 평생 못 본 남의 집에
백년 살기 기약하네
어찌할꼬 어찌하리 부모 이별 어찌할꼬
수십 년 기른 은덕 무엇으로 갚사오리

엄부 본래 대범하사 한 말씀도 않으시고
자모는 성약하여 나를 위로하는 말이
슬퍼 마라 설워 마라 여자 유행有行[14] 예사로다
좋이 가서 잘 있거라 내 수이 다려오마
너를 훌쳐 보낸 후에 앞이 비어 어찌할꼬
이 말씀 들을 적에 내 마음 어떨손고
오내五內가 분붕分崩하여[15] 촌촌이 끊어진다
심신을 진정하여 눈물로 하는 말이
어마 어마 생각 마소 저 같은 것 자식인가
골몰만 끼쳐 주고 효양 한번 못 하다가
일년 지나 반년 지나 모녀 각각 흩어지니
잘 계시오 잘 계시오 어마 부디 잘 계시오
명년 봄 꽃 피거든 부디 수이 다려오소
자닝하다 동생들아 형아 형아 부르면서 소매 끝 마주 잡고

---

14) 여자가 시집가는 것.
15) 오장이 떨어져 흩어지는 듯하여.

수이 오라 우는 거동 차마 어이 흩어질꼬
온 집안 전후면을 다시 한 번 둘러보고
동무 이별 다다르니 어렵고도 애닲도다
언제 다시 모여 놀꼬 치마폭 다 젖는다

아주매야 형님네야 잘 있다가 수이 보자
우리 동무 동갑들아
세시 편윷 언제 놀리 나 오거든 편윷 놀자
어느 봄에 화전 하리 나 오거든 화전 하자
깜찍이 눈물 닦고 일어앉아 하는 말이
제숙주諸叔主 제가형諸家兄아[16] 면면이 각각 불러
연연한 가는 소리 은근히 겨우 내서
날 찾으오 날 찾으오 부디 수이 날 찾으오
과거 행차 다니거든 가는 길에 날 찾으오
외가 처가 다니거든 우리게로 지날 적에 잊지 말고 날 찾으오
저 소년들 거동 보소 잘 가거라 그 말 끝에
우리 비록 무심하나 목석간장 아니어든 찾기야 찾지마는
부탁하오 부탁하오 시댁살이 부탁하오
말도 많고 흉도 많은 시댁살이 부탁하오
혼정신성 늦게 하면 시부모 말할 게요
반盤가음[17] 잘못하면 집안이 흉할 게요

---

16) 아저씨들, 오빠들아.
17) 상차림.

시아버지 호랑새요 시어머니 꾸중새요 | 53

제사에 부정하면 친척이 말할 게요
행동거지 잘못하면 마을 사람 흉할 게요
언이 조행 부실하면 가장이 성내나니
조심하오 조심하오

그대 행실 괴악하면 친가 부모 욕먹나니
부모 욕뿐 아니로다 지친까지 욕이로다
구고[18] 가장 받들 적에 유순하기 주장이오
반가음 잔손일은 칠칠하기 주장이오
백사가 미진하나 참고 있기 주장이오
애매한 말 들으나마 발명할라 하지 말고
즐거운 일 볼지라도 점잖찮이 굿지 마소
백행에 조심하여 구고 가장 즐겨하고 향린鄕隣 사람 칭찬하여
아무 집 아무 댁이 현철하고 유순하여
친가 견문 넉넉타는 이 소문이 차차 나서
우리 귀에 들리기가 평생에 지원일세
듣고 나니 교자 든다
어화 우리 동무들아 이 이별 어찌할꼬

---

18) 시부모.

시집살이 못 할레라

뒷동산이 높다 하나 시아비보다 더 높겠소
사자 범이 무섭다 하나 시어미보다 더 무섭겠소
고초 후초 맵다 하나 시누이보다 더 맵겠소
해와 달이 밝다 하나 시동생 눈보다 더 밝겠소
외나무다리 건너가기 의심 조심 많다 하나
이내 사는 시집보다 의심 조심 더 많겠소

국화꽃이 곱다 하나 남편보다 더 곱겠소
함박꽃이 곱다 하나 자식보다 더 곱겠나
의심 조심 많은 시집 이 둘밖에 볼 것 없소

못 할레라 못 할레라
남편네는 옷 달라오 앉은 애기 밥 달라오
누운 애기 젖 달라오 소와 말은 짚 달라오
도야지는 죽 달라오 닭의 무리 뫼 달라오
못 할레라 못 할레라 시집살이 못 할레라

백호 범이 무섭다 한들

백호 범이 무섭다 한들 시할아범처럼 무서우리
외나무다리 어렵다 한들 시할멈처럼 어려우리
금강산이 높다고 한들 시아비처럼 높으리
고초 후초 맵다 한들 시어미처럼 매우리
배춧잎이 푸르다 한들 맏동세 낯처럼 푸르리
해와 달이 밝다 한들 시누이 눈처럼 밝으리
가을 콩이 발가진다 한들 시동생처럼 발가지리
담뱃잎이 싸랍다[1] 한들 낭군님처럼 싸라우리
참대 마디 곧다고 한들 내 아들처럼 곧으리
봉숭아꽃이 곱다고 한들 내 딸처럼 고우리

---

1) 쓰다.

시아버지 호랑새요 시어머니 꾸중새요

형님 온다 형님 온다 분고개로 형님 온다
형님 마중 누가 갈까 형님 동생 내가 가지
형님 형님 사촌 형님 시집살이 어떱데까
이애 이애 그 말 마라 시집살이 개집살이
앞밭에는 당추 심고 뒷밭에는 고추 심어
고추 당추 맵다 해도 시집살이 더 맵더라
둥글둥글 수박 심기 밥 담기도 어렵더라
도리도리 도리 소반 수저 놓기 더 어렵더라
오 리 물을 길어다가 십 리 방아 찧어다가
아홉 솥에 불을 때고 열두 방에 자리 걷고
외나무다리 어렵대야 시아버지같이 어려우랴
나뭇잎이 푸르대야 시어머니보다 더 푸르랴
시아버지 호랑새요 시어머니 꾸중새요
동세 하나 할림새[1]요 시누 하나 뾰죽새요
시아지비 뾰중새요 남편 하나 미련새요
나 하나만 썩는 샐새
귀 먹어서 삼년이요 눈 어두워 삼년이요

---

1) 간사한 새란 뜻.

말 못해서 삼년이요 석삼년을 살고 나니
배꽃 같은 요내 얼굴 호박꽃이 다 되었네
삼단 같은 요내 머리 네사리춤²⁾이 다 되었네
백옥 같은 요내 손길 오리발이 다 되었네
열새 무명³⁾ 반물치마 눈물 씻기 다 젖었네
두 폭붙이 행주치마 콧물 받기 다 젖었네
울었던가 말았던가 베갯머리 소이 졌네
그것도 소이라고 거위 한 쌍 오리 한 쌍
쌍쌍이 떠들어오네

형님 형님 시집살이 어뗍데까

형님 형님 우리 형님 시집살이 어뗍데까

석자 세치 제사 수건 횃대 끝에 걸어 놓고
들며 날며 날며 들며 눈물 씻기 다 젖었네

형님 형님 우리 형님 메꽃 같은 우리 형님
시집 삼년 살고 나니 메나리꽃 다 되었구나

---

2) 너삼의 껍질을 벗겨서 단을 만든 것.
3) 실이 고운 베. '새'는 피륙의 날을 세는 단위. 한 새는 날실 여든 올.

형님 형님 시집살이 어떱디까

형님 형님 사촌 형님
시집살이 어떱디까

드러누워 명주 꾸리 하나
맞춤하게 감을 만하더라[1]

---

1) 헝클어지기 쉬워 앉아서도 감기 힘든 명주실을 누워서 감는다고 하여 시집살이가 얼마나 어려운
   지 비유한 말이다.

형님 편지 첫 줄부터 눈물이라

편지 왔네 편지 왔네 형님 편지 읽어 보자
편지야 왔건마는 첫 줄부터 눈물이라 기가 차서 못 읽겠네

시부모 시할머니 두겹 세겹 웃어른들
아침진지 저녁상에 조심도 많을시고
시누라 있는 것은 눈을 떠도 낚시눈 말을 해도 바늘 끝
시숙이라 있는 것은 심술이 독 같아서
닫은 문도 열어 두고 노는 애도 울려 주네

부모 봉양 남편 공경 온 가솔을 돌본 후에
밥이라고 먹자 하면 열두 그릇의 대궁밥
숟가락을 찾아보면 쥘 데 없는 몽당술
흐르나니 눈물이라 옷자락이 다 젖는다

시집이라 가니 외라도 꼬꼬외

우리 집에 클 적에는 쌀고래에 닭이더니[1]
남의 집에 가니 구석구석 설움이야
우리 어머니 날 낳으실 때 죽순나물 원하시던가
시집이라 가니 외라도 *꼬꼬외*[2] 가지라도 뽈통 가지
뒤축 없는 신에다가 앞 없는 치맛자락
한산모시 반물치마 눈물 닦기 다 젖는다

---

1) 쌀뒤주 안에 든 닭처럼 행복하더니.
2) 잘 못 자라 비비 틀린 오이.

일사만사 타령

일사만사가 백만사
무남독녀 외딸로서 금이냐 알이냐
추울세라 더울세라 양해서 동백기름에 머리를 빗겨
평양 성내 어떻다고 원산 군내 어떻다고
이런 심산 초옥에 날 주었나
우리네 외삼촌 살지 않았더니
날 이런 몹쓸 곳에다 주었나

시집간 지 삼일 만에 부엌이라 나가 보니
부엌 함실도 제돌이요 물판 돌도 제돌이라
물동이를 옆에 끼고 따바리를 손목에 걸고
물을 길러 앞개울에 천방지방 내려가서
물 한 동이 길어 놓고 다래 넝쿨 속에서 한심하다 기막힌다
물동이를 이고서 마당 전에 당도하니
시아버지 뒤창문 열고 내다보아 보기 좋게 걷노라고
그 몹쓸 돌부리에 채여서 동방구리[1]를 메어쳤네
엄동설한에 오줌동이 대사지법에 청주동이

---

1) 동이보다는 작고 배가 더 부른 질그릇.

오륙칠월 냉수동이 삼사 대 내려오며 쓰던 동이
새며느리 왔다고 내왔는데
저 동이를 깨뜨렸으니 어찌하면 좋단 말가

시아버님 분이 나서
키는 서녀도깨비 같은 키가 우당탕 달려 나오더니
산골 사람 장작 패듯 큰두루 사람[2] 이차떡 치듯
촌사람 벼태 치듯[3] 주릿대 매라고 둘렀다 칠 적에
아이고아이고 어느 누가 날 말려 주랴
일사만사 백만사

그까짓 매를 매랄까
방치다듬이 연다듬이 홍두깨다듬이 민다듬이
아이고아이고 엄마 엄마
일사만사가 백만사

새서방이라고 돌아보니 상투라고 실오래로 감아 동이고
부엌에 들어오면 촌수도 모르고 밥가줄내라 제악을 내오
서재로 가라고 관 사다 주니 가라는 서재는 제 아니 가고
집에 들어 콩만 닦아[4] 달라 제악을 내오
일사만사 백만사로세

---

2) 벌방 사람. 벌방은 들이 넓고 논밭이 많은 고장을 이르는 말이다.
3) 볏단을 둘러치듯.
4) 볶아.

한 폭 떼어 바랑 하고

시집가던 사흘 만에 쑥대밭 매러 가라네
한 고랑을 매고 나니 점심참이 되어 오네
두 고랑이 매고 나니 점심때가 늦었구나

엉겅퀴 같은 시아바이 요 메늘아 조 메늘아
고걸 신 일이라고 점심참이 덜 돼 왔나
쪼바리 같은 시어마니 요 메늘아 조 메늘아
고걸 신 일이라고 점심참이 덜 돼 왔나
홍치 같은 맏동세는 부지깽이 두다리며 요 메늘아 조 메늘아
고걸 신 일이라고 점심참이 덜 돼 왔나
비턱탁내 시누씨도 요 메늘아 조 메늘아
고걸 신 일이라고 점심참이 덜 돼 왔나

살다 살다 못 견디어
한 폭 떼어 바랑 하고 두 폭 떼어 행전 짓고
또 한 폭 고깔 접고 나는 가네 나는 가네

시어마니 나는 가네 지팽이나 꺾어 주소 밀짚을 꺾어 주네
시아바이 나는 가네 지팽이나 꺾어 주소 갈대 회기[1] 꺾어 주네

형님 형님 나는 가네 지팽이나 꺾어 주소 지릎을 꺾어 주네

지릎을 지팽이 삼아 한 고개 넘어가니 대사가 하나 오네
이 대사야 이 대사야 이내 머리 깎아 주소
한 귀댕이 깎고 나니 어마이가 생각히네
부모 동기 다 생각히네

친정집에 가 가주고 이 집에 시주 왔소
삽작거래 저 대사는 우리 딸애 천연토다
아모러만 아모러만 같은 사람 없으리오

해가 져서 하룻밤을 마루맡을 방 삼으니 개가 쾅쾅 짖는구나
저게 저게 저 달님은 우리 오매 보건마는
큰방에 있는 울 오매는 나 여게 있는 줄 모를 거라
개야 개야 짖지 마라 내 치매꼬리에 따라댕긴 개 아니냐
우리 오매 밥 지으러 이때 마침 나왔다가
에고 야야 너 웬일고 맞붙들고 대성통곡 울고 나니 날이 샌다

개복改服하여 시가로 가니 묵밭이 되었구나
쪼바리꽃은 시어마니 엉겅퀴꽃은 시아바이
할미새꽃은 시누씨 할무대꽃은 맏동세 신랑꽃은 함박꽃

---

1) 갈대 껍질을 벗긴 줄기.

한 가지 꺾어 품에 안고 한 고개 넘노니 구슬이 되었구나
농 안에다 넣었더니 인도환생 하여 백년해신 하였더라[2]

---

2) 사람이 되어 백년해로 하였더라.

시집가던 사흘 만에 밭 매러 가라 해서

시집가던 사흘 만에 징개맹개 왜이뜰[1]에
밭 매러도 가라 해서 한 골 매고 두 골 매고
삼세 골 거듭 매니 달이 떴네 달이 떴네

집이라고 들어서니 호랑 같은 시아바님 대청방을 울리면서
어라 요거 요망한 거 누구 흉구 낼라고야[2] 달 뜨도록 밭을 매노
안방에를 들어가니 호랑 같은 시어마님
어라 요거 요망한 거 물러서라 내다서라
누야 흉구 낼라고야 달 뜨도록 밭을 매노
콩꼬투리 시아재비
어라 요거 요망한 거 물러서라 내다서라
누야 흉구 낼라고야 달 뜨도록 밭을 매노
정지라고 들어가니 할림바치 시누이가
요 올케야 물러서라 조 올케야 물러서게
누라 흉구 낼라고야 달 뜨도록 밭을 매노

---

1) 김제 만경 외배미들. 외배미는 한 배미로 툭 트인 들을 말한다.
2) 누구 험담을 듣게 하려고. 흉구는 헐뜯는 말.

밥이라고 주는 걸사 삼년 묵은 보리밥에
장이라고 주는 걸사 삼년 묵은 보리장에
그러이라 주는 걸사 식기 굽에 묻혀 주고
숟가락이라 주는 걸사 잎 다 없는 나무 술에
십리만치 던져 주데

이 밥 먹어 쓸데없다 이 옷 입어 쓸데없다
님의 방에 돌아들어 행글행글 함롱 안에
씨던 자주 석 자 내고 모시 석 자 바랑 짓고
자주 석 자 끈을 달고 님아 님아 나는 간다
가지 말게 가지 말게
그 부모가 매양 사나 그 시누가 매양 사나
싫소 싫소 나는 싫소 가네 가네 나는 가네

한 고개를 넘어가니 젊은 중이 앉아 있다
중아 중아 동무 중아 머리 조곰 깎아 주게
머리사야 깎지마는 근본 알고 머리 깎세
우리 아배 전라감사 우리 어매 진주댁이
울 오라배 서울 양반 둘째 동생 책칼 선비
셋째 동생 호박 한량 우리 형님 옥당 각시
이내 나도 옥당 처자 그만하면 깎아 주게

한짝 귀를 깎고 나니 눈물이 비 오듯 하고
또 한짝을 깎고 나니 눈물이 비 오듯 하네

세 짝을 다 깎으니 칠팔월 원두밭에 돌수박이 완연하다
승아 승아 동무 승아 머리사야 깎았다만
행장 없어 어예 가노 이내 행장 저기 있네
신이 없어 어예 가노 육날메툴 가래갱기 이내 신이 저기 있네

한 고개를 넘어서서 친정 골을 들어서니
우리 어매 내달으며 거게 왔는 저 승각시 우리 딸이 완연하다
대천지 한바닥에 한 모색이 어데 없소
울 오라배 내달으며 거게 왔는 그 승각시 우리 동생 완연하다
대천지 한바닥에 한 모색이 어데 없소
우리 형님 내달으며 거게 왔는 그 승각시 우리 시누 완연하다
대천지 한바닥에 한 모색이 어데 없소

길이 바빠 가려 하오 동냥이나 어서 주소
두 올케라 가는 길에 남남없이 만났구나
은비녀 찌르던 머리 세대삿갓 웬 말인고
좋소 좋소 내사 좋소 은비녀야 안 되었고 세대삿갓 내사 좋소
은가락지 찌던 손에 철두 막대 웬 말인고
좋소 좋소 내사 좋소 은가락지 안 되었고 철두 막대 내사 좋소
비단옷 입던 몸에 청장삼이 웬 말인고
좋소 좋소 내사 좋소 비단옷은 안 되었고 청장삼이 내사 좋소
깜둥까친 신던 발에 육날메툴 웬 말인고
좋소 좋소 내사 좋소 깜둥까친 안 되었고 육날메툴 내사 좋소
간다 간다 나는 간다 청산으로 나는 간다

아이구나 내 설움아

앞돌쪽도 놀이터요 뒷돌쪽도 놀이터요
꽃바구니 옆에 끼고 첩첩산중 들어가서
오동포동 살찐 두릅 별솥 같은 노구솥에
얼근덜근 데쳐 갖고
앞냇물에 초벌 씻고 뒷냇물에 헹궈 갖고
삼년 묵은 고초 양념 오년 묵은 기름장에
얼근덜근 무쳐 갖고 열두나 상 꾸며 낼 때
밥그릇도 열두 개며 국그릇도 열두 그릇

큰방 철방 뚜드리며 시아버님 진지 잡수
진지랑은 아니 먹고 세숫물 안 떠놨다 호령났네
아이구나 답답해라 내 설움아

안방 철방 뚜드리며 시어머님 진지 잡수
진질랑은 아니 먹고 양식 쪼까 내어 주고
밥 조까 담았다고 호령났네
아이구나 답답해라 내 설움아

골방 철방 뚜드리며 시누 동세 밥을 먹소

밥을랑은 아니 먹고 물 쪼까 길어 주고
밥 되게 했다고 호령났네
아이구나 답답해라 내 설움아

웃방 철방 뚜드리며 머슴 머슴 밥 먹어라
밥을랑은 아니 먹고 생솔개비 꺾다 주고
밥 늦게 했다고 호령났네
아이구나 답답해라 내 설움아

차마 설워 못 살겠네 깎고 깎고 머리 깎고
치마 하나 내어 놓고 한 폭 타서 행전 짓고
쓰고 쓰고 송낙 쓰고 짓고 짓고 바랑 짓고
들고 들고 목탁 들고 열두 남매 두 대주령[1]
이곳 절도 좋지마는 순천 송관사로 신중[2] 노릇

---

1) 지팡이.
2) 여승.

시집살이 못 하면은

시집살이 못 하면은
본가살이를 하구요
본가살이를 못 하면은
중에 살이나 가 보세
삼단 같은 이내 머리
구름같이 헤쳐 놓고
깎고 보니 회심하네
중의 배낭 걸머지고
모시 고깔 눌러쓰고
오불꼬불 가는 길에
우리 엄마 나 생길 때
중의나물을 잡쉈는지
중 되라고 왜 했노
우리 엄마 나 생길 때
도라지나물을 잡쉈는지
돌아먹게 왜 생겼노
우리 엄마 나 생길 때
고사리나물 잡쉈는지
고생하게 왜 생겼나

큰애기는 할머니고 새애기는 저올시다

시집온 지 삼 일 만에
부엌이라고 내려와서 가마 뚜껑 열어 보니
엉거미가 줄을 치고 낮거미가 줄을 치고
냄비 뚜껑 열어 보니 붉은 동녹 켜켜 앉고
화가 나고 열이 나서 대문 밖을 썩 나서서
앞집 아가 뒷집 아가 보리밭이 어드메냐
저기 저기 저기올세

푸른 보리 제쳐 놓고 누른 보리 제쳐다가
한 번 씻고 두 번 씻고 보리밥을 지어 놓고
삼간 마루 뛰올라서 찬장 문을 열뜨리니
엉거미가 줄을 쳐서 화가 나고 열이 나서
뒷문 밖을 썩 나서서 미나리밭 뛰어가서
누른 잎은 제쳐 놓고 푸른 잎만 제쳐다가
한 번 씻고 두 번 씻고 세 번 네 번 씻고 씻어
미나리채 무쳐 놓고 안방 문을 열뜨리고
수탉 같은 시아버지 미나리채 진지 잡슈
암탉 같은 시어머니 미나리채 진지 잡슈
거는 방문 열뜨리고 동글동글 동세님네 미나리채 진지 잡슈

장독 같은 시아주범 미나리채 진지 잡슈
사랑문을 열뜨리며 시큼시큼 시누님네 미나리채 진지 잡슈
아랫방문 열뜨리고 이귀 저귀 처진 놈아 엉덩이에 해 돋았다
뜨물통에 빠질 놈아 빨랫줄에 눈 걸릴라 미나리채 밥 먹어라

시아버지 하는 말이
아가 아가 새아가야 오늘 밥은 돌도 많다
밥에 돌이 많다 하나 성에 성돌 보고지고
아가 아가 새아가야 오늘 밥은 매우 질다
밥 진 것을 질다 하나 한강수를 보고지고
아가 아가 새아가야 밥에 뉘도 너무 많다
밥에 뉘를 뉘라 합나 보리밭을 보고지고
시아버지 묻는 말이 이야기나 하려무나
큰애기는 할머니고 중애기는 어머니고 새애기는 저올시다

은잔 하나 대단턴가

시집오던 사흘 만에 가사 구경 하라 하고
아래 도장[1] 내려가서 은잔 하나 만지다가 은잔을 깨뜨렸네
고초 같은 시아바씨 청붓틀[2] 걸앉으며
아래 왔는 저 며늘아 너그 집에 가거들랑 은잔 하나 물어다고
호초 같은 시어마니 방문 왈칵 열뜨리며
아래 왔는 저 며늘아 너그 집에 가거들랑
노비 전답 다 파나마 은잔 하나 물어다고
앵도 같은 시누씨는 청에 통통 다니면서
아래 왔는 저 각시야 너그 집에 가거들랑
말매 소매[3] 다 파나마 은잔 하나 물어내게
홍글홍글 맏동서는 이리 가며 홍글홍글
저리 가며 홍글홍글 홍글홍글 야단일세

듣는 신부 하릴없이 저그 방에 들어가서
돗자리를 펴어 놓고 좌면도둠[4] 올리 펴고

---

1) '곳간'의 함경도 말.
2) 마루 끝.
3) 말이며 소며.
4) 돋움요. 솜을 두텁게 둔 이불.

시아바님 여 앉이요 시어마님 여 앉이요
맏동서도 여 앉이요 시누씨도 여 앉아서
이내 말을 들어 보소

칠팔월 김장밭에 동피 같은 당신 아들
나와 같이 옷을 입혀 사인교 차려 메고
허다 동네 다 지나고 억만 장안 짓치달아
나의 집을 찾아와서 정바상⁵⁾을 돌릴 적에
팔폭 병풍 돌려 치고 닭 한 쌍을 마주 놓고
나무 접시 디밀 적에 은잔 하나 대단턴가
잘 가시오 잘 계시오 온 소 잡아 작별할 제 은잔 하나 대단턴가
밤중 샛별 높이 뜨고 쥐도 새도 모를 적에 온칸 몸⁶⁾을 헐었으니
온칸 몸을 채워 주면 은잔 하나 물어줌세

시아바씨 이 말 듣고 아따 마라 남이 알라
너 그럴 줄 내 몰랐다 효부로다 효부로다
앞동산 낭글 비어 뒷동산에 터를 닦아 삼간 별당 지어 주마

---

5) 큰상.
6) 온전한 몸.

꼬댁각시

꼬댁 꼬댁 꼬댁각시
한 살 먹어 어머니 죽어
두 살 먹어 아버지 죽어
세 살 먹어 말을 배워
네 살 먹어 걸음 배워
다섯 살 먹어 삼촌 집에 찾아가서
고생고생 살았다네
아이고 답답스런지고
요내 팔자 왜 이런고

그럭저럭 열다섯 살
중신아비 들랑날랑
사주라고 받은 것이
가랑잎을 받았구나
옷이라고 해준 것이
깃만 남은 삼베 적삼

■ 꼬댁각시는 물에 빠져 죽은 불쌍한 영혼이다. 사람들 소원을 잘 들어준다고 하여 여인들이 둘러앉아 이 노래를 부르면서 한 해 운수를 점치거나 시집갈 때를 점쳐 보았다고 한다.

치마라고 해준 것이
허리만 남은 삼베 치마
속옷이라고 해준 것이
허리도 없는 삼베 고쟁이
아이고 답답스런지고
요내 팔자 왜 이런고

시집이라고 가서 보니
반편 낭군 얻었구나
아이고 답답스런지고
요내 팔자 왜 이런고
부엌에라 들어가 보니
밑 빠진 솥만 남았더라
뒤란이란 가서 보니
밑 빠진 바구니 하나 걸렸네
그 바구니 옆에 끼고
뒷동산에 올라가니
양지쪽에 밭고사리
음지쪽에 먹고사리
더듬더듬 꺾어다가
열두 밥상 보았더니
시아버지가 돌아앉네
아이고 답답스런지고
요내 팔자 왜 이런고

한 살 먹어 엄마 죽고

한 살 먹어 엄마 죽고
세 살 먹어 아비 죽고
삼촌집에 가서 자라
눈칫밥을 얻어먹고
여덟 살에 민며느리
방죽 건너 삼실집[1]에
울며불며 자라나서
열한 살에 머리 얹어
후초 같은 시아버님
마루 끝에 나앉아서
기슴매라 호령하고
고초 같은 시어머님
방문 와락 열고 보며
베를 짜라 야단하고
아이 같은 서방님은
저녁밥을 받고 나서
자리 펴라 재촉한다

---

1) 낡은 재목으로 세 번이나 고쳐 지은 집.

어화 어화 우리 귀녀

상주 땅 복강에 귀녀 딸 나시거든
미역국 끓여 놓고 흰밥 지어 차려 놓고
빌어 주소 빌어 주소 삼천갑자[1] 빌어 주소
물 같은 요 아기를
차돌같이 구해주소 몽돌같이 구해주소.
무렁무렁 크는 양은 이슬아침 물외[2] 같다
방실방실 웃는 양은 동에 사창 꽃이로다
오똑오똑 서는 양은 주소개의 해금인가
앙금앙금 걷는 양은 하루 이틀 다르도다
그러구루 기른 후에
십 세 전에 글을 배워 국문이 첫 공부라
어화 어화 우리 귀녀 책 보기만 잠착[3] 말고
무명짜기 바느질을 부지런히 배울지라
잘하면 네 복이요 못 하면 네 욕이요

그러구루 기른 후에

---

1) 육십갑자의 삼천 배인 18만 년. 오래 잘살기를 빌어 주는 말이다.
2) 참외.
3) 참척. 한 가지 일에만 정신을 골똘하게 씀.

명문에 구혼 들어 매자[4]를 들였으니
뜰아래는 횃불이요 뜰 위에는 촛불이요
낡은 촛불 돋워 놓고
상배[5]한 년 물리치고 상처한 놈 물리치고
복 많고 부요한 군 쌍쌍이 세워 놓고
혼수 등절 살펴보니
어화 어화 우리 귀녀 너와 같은 옷이로다

어화 우리 사위 소리 옥판에 구슬 놓여 정절궁 소리 나네
어화 어화 우리 귀녀 연지로 단장하고 비단으로 치레하여
신랑 가마 가는 것은 귀하고도 어여쁘다
어화 어화 우리 사위 사모 각대 단장하고
아씨 맞아 들오는 것 귀엽기 측량없다
신부의 머리 위에 계화꽃이 넘노는 듯
신랑의 사모 위에 여의주가 넘노는 듯
딸 낳아서 사위 삼기 예삿일로 알았더니 오늘 내 집 경사로다
고픈 배가 불러 오고 없던 잠이 절로 온다

그 이튿날 우리 사위 하는 말씀 들어 보소
신행 치송 하라 하네
딸 낳은 그 한으로 사위야 이 웬 말고

---

4) 중매쟁이.
5) 남편을 여읜 것.

가마 등절 세워 놓고 하님⁶⁾ 등절 세워 놓고
꽃삼에 싸인 가마 귀녀 태워 내어 놓고
집수건을 걷어잡고 귀녀 홀목 디위잡고
잘 가거라 잘 가거라 재책 없이⁷⁾ 잘 가거라
내방에 들어가거든 자리로 주는 대로 단정히 바로 앉아
눈을 높이 뜨지 마라 불가히 여기리라
하품을 하지 마라 능멸히 여기리라
코침을 길게 마라 더러워 여기리라
때 그르게 오는 손을 잔소리를 하지 마라
이런 말 저런 말을 자세 자세 가르치고
뒷동산에 피처 올라 귀녀 가는 거동 보니
하님 뒤에 가마 가고 가마 뒤에 요객⁸⁾ 가고 요객 뒤에 후배 가고
어걱지걱 가는 양은 보기사 좋지마는
원수로다 원수로다 연불대장 원수로다

어화 좋다 우리 사위 옥당 벼슬 쉬이 하여
대동상 쌍가마로 날 실으러 오는구나
우리 딸 유복하나 사위 잘 본 덕이로다

---

6) 여자 종.
7) 별일 없이.
8) 상객. 혼인 때 신랑이나 신부를 데려다 주는 사람.

꿩 노래

무남독녀 외딸애기
금지옥엽 길러내어
시집살이 보내면서
어머니의 하는 말이
시집살이 말 많단다
보고도 못 본 체
듣고도 못 들은 체
말 없어야 잘 산단다

그 말 들은 외딸애기
가마 타고 시집가서
벙어리로 삼년 살고
장님으로 삼년 살고
귀머거리로 삼년 살고
석삼년을 살고 나니
미나리꽃 만발했네[1]

---

1) 미나리꽃처럼 머리가 하얗게 세었다는 말.

이 꼴을 본 시아버지
벙어리라 되보낼 제
본가 근처 거진 와서
꿩 나는 소리 듣고
딸애기의 하는 말이
에그 우리 앞동산에
꺼더득이 날아난다

이 말 들은 시아버지
며느리의 말소리에
너무너무 반가워서
하인 시켜 하는 말이
가마채를 어서 놓고
빨리 꿩을 잡아 오라
하인들이 잡아 오니
시아버지 하는 말이
어서어서 돌아가자

벙어리 된 외딸애기
할 수 없이 돌아가서
잡은 꿩 털 다 뜯어서
숯불 피워 구워다가
노나주며 하는 말이
날개 날개 덮던 날개

시아버님 잡수시고
입술 입술 놀리던 입술
시어머니 잡수시고
요뉘 구녕 저뉘 구녕
휘두르던 뉘 구녕은
시할머님 잡수시고
호물호물 옹문통은
시할애비 잡수시고
좌우 붙은 간덩이는
시누이님 잡수시고
배알 배알 곱배알은
시아주범 잡수시고
다리 다리 실한 다리
신랑님이 잡수시고
가슴 가슴 썩이던 가슴
이내 내가 먹었구나

못 할레라 못 할레라
시집살이 못 할레라
열새 무명 열폭 치마
눈물 받기 다 썩었네
못 살레라 못 살레라
시집살이 못 살레라
해주 달이 반달이로

지어 입은 저고리도
눈물 받기 다 처졌네

잠 노래 1

동서 눈에 오는 잠은 복잠인가 수잠인가
이내 눈에 오는 잠은 말도 많고 숭도 많다

염치 없는 이내 잠아 검치 두덕[1] 이내 잠아
어제 간밤 오던 잠이 오늘 아침 또 왜 왔노
가라 가라 멀리 가라 세상 사람 무수한데
구태 내게 네가 와서 요 고생을 다 시키노

시아버니 사랑에서 화경 같은 눈을 뜨고
담뱃대를 뚜드리며 큰 호령을 하시리라
시어머니 안방에서 체머리를 흔드시며
두 손뼉을 두드리고 불호령을 하시리라

시누 시누 셋째 시누 낚시눈을 흘겨 뜨고
종알종알 입속말로 이내 숭을 뜯으리라
천금 같은 우리 낭군 글방에서 오시다가
이런저런 소문 듣고 혀를 차며 돌아설라

---

1) 욕심 언덕. 잠이 욕심처럼 쌓인다는 뜻.

잠아 잠아 오지 마라 떡 해 주께 오지 마라
부잣집 장자집에 잠 안 와서 우는 집에
생쥐같이 기어들어 나비같이 잠들거라

잠 노래

잠아 잠아 오지 마라
시어마니 눈에 난다
시어마니 눈에 나면
님의 눈에 절로 난다

잠 노래

잠아 잠아 오지 마라
요내 눈에 오는 잠은
말도 많고 흉도 많다
잠 오는 눈을 쑥 잡아 빼어
탱주나무에다 걸어 놓고
들며 보고 날며 보니
탱주나무도 꼽박꼽박

잠 노래

일할 때는 오던 잠이
누웠으니 아니 오네
달이 밝아 아니 오나
님이 없어 아니 오나

잠 노래 2

메늘애기 자분다꼬 시어머니 송사 가네
송사야 가지마는 오는 잠을 우에하노

초저녁달 밝으니 일손도 빠르더니
삼태성이 돌아서니 온 하늘이 어둠이라
어둠에 실려오나 바람결에 묻어오나
천장에서 떨어지나 바닥에서 솟아나나
사물사물 오는 잠이 눈시울에 매달려서
손끝이 풀어지고 마디마디 힘이 없네

바늘에 실을 꿸까 실에다 바늘 꿸까
등잔불이 희미하니 내 눈인들 똑똑하랴
내 눈에 오는 잠은 명주실로 끈을 매어
고고이 풀어내어 길길이 묶어다가
한강수 깊은 물에 굽이굽이 흘려다가
온 바다에 펼쳐 보면 고기들도 자불레라

잠 노래

잠아 잠아 오지 마라 자불다가 혼난다
혼난이사 보지마는 오는 잠을 어쩌런고
며늘아기 자분다꼬 시어머니 송사 가네
송사 가도 어렵잖소
청깐 사령 문깐 사령 사령 한쌍 요내 일가
냄일레라 냄일레라 사또 하나 냄일레라
송사 가던 사흘 만에 썩문 삼천 도[1] 맞았다네
그 삼천 도 맞은 후에 한 도, 두 도 더 쳤으면 요내 마음 풀리거르
앉아 자던 저 잠 누워 자라 편지 왔소

아가 아가 며늘아가 너그 우정 무섭더라 일후에는 좋게 하마
고들빼기 삶은 물에 사랑뿌리 심을 여서[2] 시어머니 죽 잡수소
아가 아가 며늘아가 무슨 죽이 이리 씹노
썩문 삼천 맞은 입에 벌꿀인들 안 씨우랴

---

1) 수많은 매.
2) 사랭이 뿌리의 심을 넣어서. 사랭이는 쓴 나물이다.

잠 노래 3

잠아 잠아 짙은 잠아 이내 눈에 쌓인 잠아
염치불고 이내 잠아 검치 두덕 이내 잠아
어제 간밤 오던 잠이 오늘 아침 다시 오네
잠아 잠아 무삼 잠고, 가라 가라 멀리 가라
세상 사람 무수한데 구태 너는 갈 데 없어
원치 않는 이내 눈에 이렇듯이 자심하뇨
주야에 한가하여 월명동창 혼자 앉아
삼사경 깊은 밤을 허도히 보내면서
잠 못 들어 한하는데 그런 사람 있건마는
무상불청 원망 소래[1] 온 때마다 듣는구나
석반을 거두치고 황혼이 대듯 마듯
낮에 못한 남은 일을 밤에 하랴 마음먹고
언하당[2] 황혼이라 섬섬옥수 바삐 들어
등잔 앞에 고개 숙여 실한 바람 불어 내어
더문더문 질긋 바늘 두어 뜸 뜬 듯 만 듯
난데없는 이내 잠이 소리 없이 달려드네

---

1) 어느 때도 청한 일이 없는데 왔다는 원망 소리.
2) 어느덧.

눈썹 속에 숨었다가 눈알로 솟아 온가
이눈 저눈 왕래하며 무삼 요술 피우던고
맑고 맑은 이내 눈이 절로 절로 희미하다

잠 노래 4

낮에 못한 남은 일을 밤에 하자 마음먹고
언하당 황혼이라 섬섬옥수 바삐 들어
등잔 앞에 고개 숙여 실한 바람 불어 내어
더문더문 질긋 바늘 두어 뜸 뜬 듯 만 듯
난데없는 이내 잠이 소리 없이 달려드네
눈썹 속에 숨었다가 눈알로 솟아 온가
이눈 저눈 왕래하며 무삼 요술 피우는고
맑고 맑은 이내 눈이 절로 절로 희미하다

두 눈을 감고 보니 천지간이 망망한데
일엽편주 배 떠나듯 이내 마음 떠나간다
골골 산천 다 지나서 무변광야無邊廣野 다 지나서
얕은 물은 걸어 건너 깊은 물은 헤어 건너
천리만리 달리나니 구름 속의 학이런가

낯익은 옛 골안에 매화꽃은 피었는데
봄바람이 흔들어도 사립문은 닫혀 있고
안 계시네 안 계시네 우리 님은 안 계시네
유유히 가는 꿈길 어덴들 못 찾으랴

예 놀던 놀이터며 예 걷던 오솔길을
골고루 더듬어서 세세히 찾아가며
만첩청산 풀밭 속에 새소리도 엿들으며
무심한 바위 밑에 물소리도 새로워라
무릉도 우거진 골 꽃잎은 흩날리고
풍악 소리 치솟는데 일간초옥 놓였으니
그 문 앞에 놓인 신이 님의 신 분명하다

초사흘 달빛인 듯 문틈으로 새어 들어
원앙침 이불 곁에 사뿐히 내려앉아
달같이 고운 모습 역력히 바라다가
그 손길 고이 잡고 서로 보며 반기울 제
석삼년 쌓인 한이 눈 녹듯 서리 녹듯
한 해가 다 가도록 일장 서신 없던 설움
독숙야獨宿夜 빈방 안에 울며 혼자 뒹군 설움
부모 봉양 손님 적관 가지가지 힘든 설움
동삼월 하삼월에 손끝마다 달린 설움
그물같이 어린 설움 구름같이 풀렸구나

옥안玉顔을 바라보니 어이 이리 초췌한가
사서삼경 옛 글월을 강경1)하기 고되던가
나물 먹고 물 마시고 자봉自奉2)하기 힘들던가

---

1) 옛글을 외우는 것.

주경야독 산중처사 밭갈이가 힘들던가
야삼경 야오경에 님도 나를 그렸는가
님의 얼굴 여웠으니 님의 마음 화락히랴
열새베 꼭꼭 박아 고의적삼 지은 옷이
갈가리 해어져서 가장자리 술이 나고
도복 심의3) 미어지고 버선볼도 떨어졌네
애고 이 일이야 내가 없던 탓이로다

님의 곁에 다가앉아 촛불을 돋운 후에
앞섶에 찌른 바늘 당사실 꿰어 들고
님의 옷 다시 지어 무와 섶을 단 연후에
새벽닭 우는 소리 마음이 하 바빠서
옷고름 달려다가 손끝을 찔렀구나

허사로세 허사로세 놀라 깨니 허사로세
휘휘코 적적한 방 등잔만 그물그물
낮에 못한 남은 일은 고스란히 그냥 있고
가난한 살림살이 걱정만 쌓이누나

---

2) 자기 몸을 스스로 잘 돌보는 것.
3) 옛날 신분이 높은 선비들이 입던 웃옷.

꿈속에나 친정 가서

초승님의 반달님아 만수청산 다 돌아도
이내 방에 들지 마라 이내 잠이 다시 깬다

꿈속에나 친정 가서 부모 형제 상면하고
오동통통 빨래터에 다시 가서 놀아 보고
애호박국 끓여서 햇나락밥 먹어 보고
노송나무 그네 매어 석양 녘에 뛰어 보지

꿈속에는 가는 길을 생시에는 왜 못 가나

울 어머니 보고지고

달도 밝다 별도 밝다
청도 밀양 가고지고
울 어머니 보고지고
어실메[1]는 찰떡 치고
새벽에는 메떡 치고
영계 잡아 웃짐 치고
신계[2] 잡아 짝짐 치고
친정으로 갈 때에는
오동나무 꺾어 쥐고
오동오동 가고지고
활등같이 굽은 길을
살대같이 가고지고
시집으로 올 때에는
느릅나무 찍어 쥐고
느름느름 오고지고

---

1) 어스름에. 어두워질 때.
2) 신계晨鷄. 새벽을 알리는 닭. '흰 개'로 노래하는 데도 있다.

우리 친정 가고지라

우리 친정 가고지라, 느거 친정 네 가라모[1]
무슨 입성 입고 갈꼬 금수 비단 입고 가지
무슨 머리 얹고 갈꼬 북두머리 얹고 가지
무슨 신을 신고 갈꼬 맹슥댕이 신고 가지
머로 머로 타고 갈꼬 쌍가마로 타고 가지
앞에 챌랑 뉘가 멜꼬 앞집 머슴 메고 가지
뒷챌랑은 뉘가 멜꼬 뒷집 머슴 메고 가지
아가 도령 뉘가 업고 이웃애가 업고 가지
후행을랑 뉘가 가고 늙은 후행 내가 가지
우리 집은 뉘가 보고 꼬두람이[2] 지가 보지

---

1) 네 가려무나.
2) 맨 꼬리. 막내 올케.

우리 집에 나는 간다

아랫논에 미베 심거 웃논에는 찰베 심거
골골에는 깨를 심거 메떡 치고 찰떡 치고
찰떡에는 깨소 옇고 메떡에는 콩소 옇고
목이 잘쑥 자라병에 소주 한 병 잔뜩 옇고
목이 질쑥 황새병에 탁주 한 병 가뜩 옇고
수캐 잡아 쑥찜 찌고 장닭 잡아 원반 짓고
암캐 잡아 안찜 찌고 암탉 잡아 찌짐 하고
홍비단 당홍치마 숭금비단 섭저고리
북도 명주 동정 시쳐 남북 자주 깃을 대고
맹지 고름 슬핏 달아
활장같이 굽은 길로 안반같이 넓은 길로
서 발 장대 뻗힌 길로 살대 같은 곧은 길로
반부담에 도두 이고 울렁출렁 걷는 말게
우리 집에 나는 간다 오동오동 나는 간다

누야 누야 왜 인제 왔나

아랫논엔 찰벼 심고 윗논에는 메벼 심고
논둑 논둑 참깨 심고 밭둑 밭둑 들깨 심고
담 밖에는 이슬 심고 담 안에는 쪽을 심고
찰벼 베서 찰떡 치고 메벼 베서 메떡 치고
참깨 베서 참기름 짜고 들깨 베서 들기름 짜고
이슬 따서 다홍치마 쪽은 따서 초록 저고리
딸의 떡은 참기름 발라 요모조모 눌러 담고
며느리떡은 들기름 발라 요모조모 세워 담고
총각 아재 말 몰리고 어른 상청 앞세우고
한 고개를 돌아서니 동대문이 여닫힌다
바람 바람 불라는지 동대문이 여닫힌다
바람 바람 불지 마라 다홍치마 휘날린다
한 고개를 돌따서니 주춧돌에 땀이 난다
비야 비야 올라는지 주춧돌에 땀이 난다
비야 비야 오지 마라 초록 저고리 얼럭 간다

한 고개를 돌따서니 부고 오네 부고 오네
머리 풀어 발상[1]하고 비녀 뽑아 땅에 꽂고 달비 풀어 품에 품고
초록 저고리 벗어 놓고 칡베 적삼 제세 가네

다홍치마 벗어 놓고 칡베 치마 제세 가네

누야 누야 왜 인제 왔나
물이 깊어 못 왔구나 물이 깊으면 배를 타지
나무배를 탈라니까 물이 새서 못 타겠고
흙배를 탈라니까 풀어져서 못 타겠고
솔잎배를 탈라니까 부스러져서 못 타겠고
가랑잎배를 탈라니까 날아가서 못 타겠고
돌배를 탈라니까 가라앉아 못 타겠고 그래 인제 왔느니라

고방이라고 들여다 보니
십년 묵은 덕달귀[2]가 관을 쓰고 앉아 있고
웃방이라고 들여다 보니
십년 묵은 까마귀가 관을 쓰고 앉아 있고
부엌이라고 들여다 보니
십년 묵은 강아지가 관을 쓰고 앉아 있다
오라버니 오라버니 글씨 좋다 하여도 편지 한 장 없습디다
누야 누야 그 말 마라
길쌈 솜씨 좋다 해도 손수건 한 감 이렇단 말 없더라

---

1) 상례에서, 상제가 머리 풀고 슬피 울어 초상난 것을 알림.
2) 낡은 집에 붙어 있다는 귀신.

부모 영별

불같이 더운 날에
사래 길고 장찬밭[1]을
뫼같이도 깃은 밭을
한 골 매고 두 골 매고
삼세 골을 매고 나니
부모 죽은 부고 왔네
비녀 빼어 품에 품고
신을 벗어 손에 들고
머리 풀고 발상하여
한 모롱이 돌아가니
까막까치 진동하고
두 모롱이 돌아가니
곡성이 진동하네
아홉 오랍 맏오랍아
널문 조곰 열어 주소
만리 간 우리 부모
다시 한 번 보자시오

---

1) 이랑이 긴 밭.

게사니 꺽꺽 우는 집에 시집갔더니

선녀 적삼 안 고름에 외무지개 끈을 달아
쌍무지개 선을 둘러 갖신 딸딸 끄는 집에
당나귀 옹옹 우는 집에 게사니[1) 꺽꺽 우는 집에
이밥 삼시 먹는 집에 시집을 갔더니만
잘한 일도 못한다고 못한 일도 못한다고
몇 년 만에 집에 오니 아버지 어머니 어데 갔소
언제께나 오마던가
아버지는 삶은 콩에 싹이 나야 오고
어머니는 썩은 팥이 싹이 나야 온다더라

---

1) 거위.

시아버지 오동나무 꺾어 주고

가고지라 가고지라 친정집에 가고지라
앞강에 달 밝으면 배를 타고 가고지라
뒷산에 비 내리며 이슬 털며 가고지라

시아버지 이 말 듣고 뒷동산에 치달아서
낙락장송 벗겨다가 송구 절편 하여 주네
오동오동 어서 가라 오동나무 꺾어 주고
오촌 조카 불러다가 정성짐을 지워 주네

며늘아기 고마워서 연지 찍고 분 바르고
시집올 때 신은 꽃신 친정 갈 때 다시 신고
시부 앞에 굽히면서 나비처럼 절을 하네

마당 안에 들어서서 아배 보고 절을 하고
방문 안에 들어서서 어매 보고 절을 하고
오빠 오빠 잘 있었소 형님 형님 잘 있던가
우리 음식 맛보시라 송구 절편 내놓아라

아가 아가 며늘 아가

아가 아가 며늘아가 비단치마 때 묻을라
시아버님 그 말 마소 호강하자 시집왔소
새벽동자[1] 길쌈질은 내 안 하고 누가 하며
사래 길고 장찬밭은 내 안 매고 뉘 매겠소

---

1) 날이 샐 무렵에 밥을 짓는 일.

새며느리 지은 밥이

새며느리 지은 밥이
돌도 많고 물도 많네

애야 그리 걱정 마라
이만 돌을 돌이랄까
주춧돌을 보고지고
이만 물을 물이랄까
앞 강물을 보고지고

시아버지 허허 웃고
새며느리 해해 웃네

시아버지 그늘일세

시집살이 석삼년에 고생이사 많지마는
엄하고도 따뜻한 건 시아버지 그늘일세

며늘애기 머리채 좋아

며늘애기 머리채 좋아
청년 과부 될 듯하다

시어머니 반고수머리
후살이는 왜 왔습나

며느리 잠잔다고

딸아기 잠잔다고
찰떡으로 다짐 받고
며느리 잠잔다고
빨랫돌로 다짐 받네

논에 가면 갈이 원수

논에 가면 갈[1]이 원수
밭에 가면 바래기[2] 원수
집에 가면 시누 원수
세 원수를 잡아다가
참실[3]로 목을 매어
범 든 골에 옇고지라

---

1) 가래. 잎이 물 위에 떠 벼가 못 자라게 하고 뿌리는 진흙 속에 박혀 잘 뽑히지 않는다.
2) 바랭이. 밑부분이 땅바닥에 벋으면서 마디마다 뿌리가 내려 뽑아내기 몹시 힘든 풀이다.
3) 명주실.

생각난다

시아버지 죽어서 좋다더니
깔자리 떨어져 생각난다
시어머니 죽어서 좋다더니
보리 절구 물 불어 생각난다
시동생 죽어서 좋다더니
부엌비 떨어져 생각난다
시누이 죽어서 좋다더니
베 짤 것 생각해 생각난다

아주바니 아주바니

아주바니 아주바니
형의 남편 아주바니
자고 가소 묵고 가소
올벼 송편 잡숫고 가소

자고 갈지 묵어 갈지
올벼 송편 먹고 갈지
처남댁네 눈치 보소

형님 형님 사촌 형님

형님 형님 사촌 형님
쌀 한 되만 끓였으면
너도 먹고 나도 먹지
그 등겨를 받았으면
네 개 주지 내 개 주나
그 싸래기 받았으면
네 닭 주지 내 닭 주나
그 뜨물을 받았으면
너 쇠 주지 내 쇠 주나

형님 형님 사촌 형님
너야 집이 있다 해도
돌을 놓아 담을 쌓고
우리 집이 없다 해도
금돌로야 담을 쌓네

동생 같은 새신랑은

귀밑머리 풀어서 큰 낭자를 하고 나서
전반[1] 같은 댕기에다 누각 같은 쪽도리에
애미하고 곤지 찍고 손길 재배[2] 마주 잡고
뒷방 속에 앉았으니 가마 온다 야단일세

서동부서婿東婦西 홀기 소리[3] 눈을 감고 걸어 나가
교배상 사이 두고 청실홍실 잔에 달고
북향재배 절을 하고 교배례[4]도 하온 후에
신방이라 들어가니 쌍촛대가 황황하네

병풍 아래 기대앉은 신랑이라 하는 분은
석자 세치 초립동이 대추 같은 상투 꼬치
노랑털이 보송해서 꼬박꼬박 조는구나

그걸사 남편이라 조심조심 들어가서

---

1) 인두질할 때 다릴 천을 올려놓는 넓은 받치개.
2) 절할 때처럼 두 손을 마주 잡는 것.
3) 신랑은 동쪽에 신부는 서쪽에 서라 외치는 소리. 홀기는 혼례식 때 순서를 적은 글.
4) 신랑, 신부가 서로 절하는 혼인 예식.

다홍치마 겹보선에 긴단장[5]을 하여이고
머리를 수그리니 고개 아파 못 살겠네

촛불도 눈물지고 주안상도 지쳤건만
신랑자는 정신없이 앉은자리 쓰러졌네
우리 부모 하는 말씀 한숨 쉬면 불길타니
한숨인들 쉬오리까 눈물인들 지오리까

상직꾼[6]도 돌아가고 집안 안이 교교할 제
신부가 할 수 없이 제 머리를 제가 벗고
제 이불을 제가 펴고 상 물리고 촛불 끄고
새신랑을 안다가 자리에다 눕혔구나

동생 같은 새신랑을 두 손으로 안아올 제
부끄럽고 어이없어 병풍 귀에 머리 받아
아야지야 소리치며 새신랑이 깨어났네
그래도 신랑이라 병풍 밑에 다시 앉아
이 신부야 꿇앉아라 네 거동 경망하다
신랑을 모시거던 얌전히 모실 게지
높으신 머리님을 병풍님에 받았으니
장원급제 한 연후에 옥관자 붙일 머리

---

5) 갖은 단장. 혼인 때 신부 머리에 족두리나 화관을 씌워 단장하는 것.
6) 집 안에서 주로 여자들의 시중을 드는 늙은 여인.

네 이리 천대하면 그 아니 방자한가

신부가 손을 모아 백배사죄 빈 연후에
닭이 울어 날 새도록 신방에서 잠을 잤네

철모르는 신랑자

젖 끝에서 떨어진 지 사오년 만에
그의 부모 며느리에 눈이 어두워
철모르는 신랑자를 장가들이니
새 신부도 기가 막혀 눈물이 나네

신랑자는 삼일 만에 처가로 갈 때
지나가는 사람들이 우스운 말로
새 각신데 저런 아들 벌써 있구나
아니란다 그것은 새 신랑자란다

남편이라 바라보니

남편이라 바라보니 군자인가 성인인가
동에 동창 뜨는 달은 서에 서창 지건마는
곁눈질도 아니 하고 속눈질도 아니 하네

내 못생긴 불찰인가 친정이 불민한가
부모 봉양 잘못 있나 아우 동서 불화한가
시누올케 의도 좋고 시동생도 따르건만
남편 하나 엄엄하여 말도 않고 웃도 않네

물로 물로 생긴 몸이 한 숭이야 없을쏜가
냉수에도 날티 들고 숭늉에도 불티 들고
구슬에도 티가 있고 거울에도 흠이 있고
이 몸에도 흠 있거든 타일러서 고쳐 주소
타일러도 안 되거든 삼순구식[1] 벌을 주소

금지옥엽 자란 이 몸 애지중지 길러 내어
바리바리 실어다가 시집이라 보냈건만

---

1) 삼십 일 동안 아홉 끼밖에 먹지 못함.

남편 하나 눈에 나서 이 몸 하나 한이 되어
은당수 금당수에 치마 쓰고 죽자 해도
우리 부모 불쌍해서 그 길인들 어이 가오

제비 제비 우는 제비 강남 가자 알을 까고
장끼와 까투리도 쌍을 지어 날아들고
유자도 가지마다 쌍을 지어 열리건만
새벽달은 날과 같이 외로워서 저리 흰가

진정록

어려워라 어려워라 기다리기 어려워라
기다린들 님이 오며 온다 한들 제 뉘 알리
아니 올 줄 알건마는 행여 올까 기다린다
기다리지 말자건만 말자 한들 잊을쏜가
님은 이리 무정한데 나는 어이 유정한고
님이 날과 같으면은 그덧 한눈 오련마는
어데서 신발 소리 귀에 쟁쟁 들리누나
이제야 오시는가 반가이 영접코저
전도에 나아가서 정신을 살펴보니
그리던 님 보려 하니 용모조차 아득하다
저어히[1] 문을 닫고 애연히 들어오니
석양은 산에 있고 낙화는 뜰에 가득
적막한 빈방 안에 쓸쓸히 홀로 앉아
사창을 반만 열고 님 계신 곳 바라보니
만리 창공에 구름조차 창망하다
이내 팔자 어이할꼬 장탄식 무삼 일고

■ 다른 여자에게 남편을 빼앗기고 밤낮으로 괴로워하는 여인의 설움을 노래했다.
1) 어긋나게.

독숙공방 과부인들 이에서 더할쏘냐
처마 끝에 우는 새는 종일토록 애원하고
내 비록 여자이나 미련하고 미련하다
상사 진정 그려다가 세세사정 알려 주오
님 계신 곳 찾아가서 심정 소회 전하려면
님 못 보아 그리던 정 병들었다 전하여라
듣거라 내 말이야 혈마 어찌 살란 말가
창을 닫고 누웠으니 때는 정히 황혼이라
뒷동산 노송지老松枝에 금종다리 원수로다
설운 말 지어내어 소래소래 애원하다
와룡담 깊은 물에 머구리²⁾ 지저귄다
가뜩이나 심란한데 잠 못 들어 어이하리
혼잣말로 탄식하니 장안 성중 백만가에 영웅호걸 많건마는
괴이한 저 창녀는 남의 남편 유혹하니
전생에 무삼 일로 몹쓸 인생 되단 말가
남의 님 앗아다가 집안에 길이 두니
차생에 무삼 일로 몹쓸 죄를 짓단 말가
알랑녀³⁾로 낙을 삼아 간사히 얼이 난즉⁴⁾
저 남산 절벽 상에 구년묵이 청너구리
가슴앓이 귀신이라 이렇듯 하는 모양

---

2) 개구리.
3) 달콤한 말로 남자를 잘 꾀는 여자.
4) 얼이 나가다.

옷소매 옷고름을 휘휘친친 감아쥐고
남의 님 앗아간 것 눈앞에 벌였는 듯
정신이 황홀하여 잠 못 들어 웬수로다
이삼경에 못 든 잠을 사오경에 어이 들리
전전불매 잠 못 들어 침불안석 되단 말가
아무리 헤아려도 심사만 답답하다
신세를 생각하니 한생이 속절없다
나 같은 인생이야 쓸데가 전혀 없네
백년을 정한 배필 남 되라고 생겼는가
사랑은 잊었으나 사람조차 잊었으랴
차마 진정 못 잊을 것 님의 모습뿐이로다
못 잊을손 님의 용모 어이 그리 못 보는고
오늘이나 소식 올까 내일이나 기별 올까
행여 올까 기다려도 소식조차 영절이라
세월이 여류하여 이삼년이 잠깐이라
새벽달 구름 속에 청춘만 늦어간다
가련하다 이내 일신 독숙공방 공로空老로다
그다지 눈에 익은 필적이나 보고지고
편지 한 장 아니 오니 소식인들 어이 알리
일성중一城中 함께 있어 지척이 천 리로다
그리운 님의 얼굴 아니 본들 어이하리
창망한 구름 밖에 묘창해지일속渺蒼海之一粟[5]이라

---

[5] 넓고 푸른 바다에 좁쌀 한 알이라는 뜻으로, 넓디넓은 천지간에 사람은 매우 작다는 말.

해는 지고 저문 날에

해는 지고 저문 날에
옷갓[1] 하고 어디 가오
첩의 집에 가려거든
나 죽는 꼴 보고 가소

첩의 집은 꽃밭이요
나의 집은 연못이라
꽃나비는 한철이요
연못에 금붕어는 사시장철

---

[1] 남자가 갖추어 입는 옷차림.

이양철이 장개가네

장개가네 장개가네
이양철이 장개가네
모가 불바[1] 장개가노
서울 사람 사모관대
시골 사람 말안장이
불바불바 장개가네
온달 같은 각시 없나
반달 같은 딸이 없나
샛별 같은 아들 없나
광 넓은 논이 없나
사래 긴 밭이 없나
다락 같은 소가 없나
모가 불바 장개가노
한 무리나[2] 돌거들라
벼락이나 맞아 주소

■ 첩장가 드는 양반을 풍자하는 노래이다.
1) 무엇이 부러워서.
2) 한 모롱이나.

또 한 무리 돌거들라
급살이나 맞아 주소
마당에라 들어서니
마당 장군 밀어내고
마루라고 들어서니
성주님³⁾이 밀어내고
정지라고 들어서니
조왕님⁴⁾이 밀어내네
방이라고 들어서니
어진 제주님⁵⁾ 밀어내네

---

3) 집터를 지킨다는 신.
4) 부엌을 지킨다는 신.
5) 신들 중에서도 제일 어른이라는 신.

본처가 달인 약은

본처가 달인 약은 많고 작고 하더니만
첩이 약을 달인깨내
많도 작도 아니 하고 한결같이 한 양일레

서방 영감 보란 듯이 본처를 나무라며
첩의 정은 저러한대 네 정은 들쑹날쑹

여보 여보 그 말 마소
첩년이 달인 약은
많으면 쏟아 치고 작으면 물 더 붓지
당신네 본댁이사 직심直心으로 달입네라
밥 짓고 남은 불로 만일하며[1] 달이는 약
많고 작고 하는 것이 한결같은 본색이오

---

1) 여러 가지 일을 하며.

옹금종금 종금새야

옹금종금 종금새야 까치 비단 노루새야
다홍 비단 꼬꿀새야 너 어디 가 자고 왔노
천하방에 치달아서 구하방에 자고 왔네
무엇 깔고 무엇 덮고, 당하포 포단에 진애청 이불에
원앙금침 잣베개에 깔고 덮고 자고 왔네
부엌 동자는 무엇 깔고 무엇 덮고 자고 왔나
쪽박 깔고 함박 덮고 솔 베고 자고 왔네

그날 밤에 방 치장이 어떻던가
각장장판 소라 반자 백릉화[1]로 도배하고
천릉화로 띠를 띠어 분통 같은 방 안에다
어정버정 귀뒤주에 요모조모 옆닫이에
자개함롱 반닫이를 번쩍번쩍 벌여 놓고
샛별 같은 옥등잔은 머리맡에 걸어 놓고
물레 같은 큰머리는 횃대 끝에 걸어 놓고
석자 세치 세수건은 못못이 걸어 놓고

■ 부잣집 첩이 된 여인의 화려한 생활을 노래하였다. 종금새는 첩을 비유한 말이다.
1) 백릉화지, 좋은 도배지.

두 자가웃 담뱃대는 구석구석 세워 놓고
놋재털이 백통 타구 유경 촛대 다 있더라

그날 저녁에 무슨 반찬 해 주던가
끓는 국에 국수 말고 얼음국에 냉면 말고
차돌에는 차떡 치고 맷돌에는 메떡 치고
쫄깃쫄깃 새멸2)에 매낀매낀 수단에
보기 좋은 주악에 달고 맛난 꿀약과요
반듯반듯 나박지에 착착 썰은 무우채에
수박에는 수저 걸고 참외에는 창칼 꽂고
높은 나무 청술레에 얕은 나무 황술레에
시실과 개암자에 많이 많이 잘 먹었네

그날 밤에 무슨 꿈을 꾸었나
앞문에는 오리 한 쌍 뒷문에는 거위 한 쌍
오리는 밤을 물고 거위는 대추 물고
쌍쌍이 떠들어오네 둥실둥실 떠나가세
비가 오면 떠댕기고 눈이 오면 스러지네

그 이튿날 아침에는 무슨 조반 하였던가
명 길라고 국수 말고 속 들라고 만두 삶고
굳으라고 떡국 조반 살 희라고 하얀 이밥

---

2) 떡의 한 가지. 수단, 주악도 모두 떡 이름.

잉걸불엔 산적 굽고 모닥불에 찰떡 굽고
둥글둥글 경단에 새큼새큼 식혜에 수정과에 배중과에
초장 간장을 갖추 놓아 고루고루 먹고 왔네

우리 님은 어딜 갔기에

정월이라 대보름 답교[1]하는 명절이라
청춘 남녀 짝을 지어 양양삼삼이 다니는데
우리 님은 어딜 갔기에 답교 가잔 말이 어이 없나

이월이라 한식날에 북망산천을 찾아가서
무덤을 안고 통곡을 하니
무정하고 야속한 님 왔느냐 소리 왜 없느냐

삼월이라 삼짇날에 제비는 네 집을 찾아오고
귀홍득이청공활[2]에 기러기도 제집으로 돌아간다
우리 님은 어딜 갔기에 집 찾아올 줄을 모르는고

사월이라 초파일에 석가여래 탄일인데
집집마다 등을 달고 자손 발원을 하건마는
하늘 봐야 별을 따지 님 없는 나야 소용 있나

---

1) 정월 보름날 다리를 밟는 풍속.
2) 맑은 하늘에 기러기 떼가 날아간다.

오월이라 단옷날은 추천하는 명절인데
녹의홍상 미인들은 님과 서로 뛰노는데
우리 님은 어딜 갔기에 추천 뛰잔 말이 어이 없나

유월이라 십오일은 유두 명절이 아니더냐
백분청유에 지진 절편 졸깃졸깃 맛도 좋다
님 없는 빈방에 혼자서 먹기 금창이 막혀 못 먹겠네

칠월이라 칠석날은 견우직녀 만나는 날
은하작교 먼먼 길에 일년에 한 번은 만났거든
우리 님은 어딜 갔기에 십년에 한 번도 못 만나나

팔월이라 한가윗날 추수 가절 아니더냐
우리 님은 어딜 갔기에 망월 가잔 말이 어이 없나

구월이라 구공날은 기러기가 옛집을 찾아오고
한번 가면 다시 올 줄은 미물의 짐승도 알건마는
우리 님은 어딜 갔기에 일거一去에는 소식이 없단 말가

시월이라 상달이라 집집마다 고사 치송[3]
불사님 전에 백설기며 터주님 전에는 무설기라
재수 사망도 빌거니와 우리 님 명복도 빌어 보자

---

3) 집안에서 섬기는 신에게 음식을 차려 놓고 액운이 없어지고 행운이 오길 비는 제사.

십일월에 잡아드니 절기도 벌써 내년이라
동지 팥죽 먹고 나니 웬수의 나이 더 먹었네
나이는 하나 더 먹는데 그리운 정은 어려만 가네

십이월은 막달이라 빚진 사람 졸리는 때[4]
해동 자시[5] 지내고 보니 그달 그믐이 그대로다
복조리는 사라고 하되 님 건지는 조리는 없구나

---

4) 예전엔 그 해에 한 거래는 해를 넘기지 않았다. 돈을 빌려준 사람은 12월 30일이 지나기 전에 받아
  야 하는데, 자정을 넘기면 받을 돈이 남았어도 독촉도 못 하고 받을 수도 없었다.
5) 섣달 그믐날 한밤중.

전생에 무슨 죄로 여자 되어

인생이 생겨날 제 남자로 생겨나서
글 배워 성공하고 활 쏘아 급제하며
기린각¹⁾ 일편석에 제일공신 그려 넣어
부모님께 영화 뵈고 자손에게 현달하여
장부의 쾌한 이름 후세에 전할 것을
전생에 무슨 죄로 이내 몸 여자 되어
우리 부모 날 길러서 무슨 영화 보려 하고
깊으나 깊은 방에 천금같이 넣어 두고
외인 거래 전폐하니 친척도 희소하다
세월이 여류하여 십오 세 잠깐이라
백년가약 정할 적에 오며 가며 매파로다
예장 온 지 보름 만에 발써 신랑 온단 말가
화촉이 다 진한 후 금리衾裏²⁾에 동침하니
견권지정³⁾이 비할 데 전혀 없다
금리에서 맹세할 제 백년 살자 굳은 언약

---

1) 나라에 큰 공을 세운 사람의 초상을 걸어두던 집.
2) 이불 속.
3) 마음속에 굳게 맺혀 잊혀지지 않는 정.

생즉 동주 하고 사즉 동혈이라[4]
인간에 일이 많고 조물이 시새움하랴
일조에 우리 낭군 우연히 득병하네
백약이 무효하여 일분 효험 전혀 없다
가련한 이내 일신 흉복통이 일어난다
삼신산 난초 지초 불사약을 구해온들
일조에 우리 낭군 죽을 명을 살릴쏜가
출가한 지 보름 만에 청춘 홍안 과부로다
만사에 뜻이 없고 일신에 병이 된다
철없는 아이들아 시절 노래 하지 마라
정월이라 명일날에 뉘와 같이 완월할꼬
이월이라 한식날에 뉘와 함께 간산[5]하리
삼월이라 삼짇날에 답청할 이 전혀 없다
사월이라 초파일에 관등할 이 전혀 없고
오월이라 단옷날에 씨름 구경 눌과 하리
유월이라 유둣날에 유두 놀이 눌과 하리
칠월이라 칠석날에 견우직녀 보려 하고
원앙침 도두 베고 오작교 꿈을 꾸니
창 앞에 앵도화는 지저귀는 잡조 소리
홀연한 상사몽은 맹랑코 허사로다
팔월이라 추석날에 어느 낭군 제사하리

---

4) 살면 한집에 살고, 죽으면 한 무덤에 묻힌다.
5) 성묘.

구월이라 구일날에 국화 구경 눌과 할까
이달 그믐 다 지나고 시월이 오는도다
나뭇가지 여위기는 잎 떨어진 탓이건만
이내 몸 여위기는 낭군 없는 탓이로다
오동짓달 긴긴밤에 어이하면 잠을 들꼬
넓으나 넓은 방에 홀로 못 자 웬수로다
남의 집 소년들은 섣달 그믐날에
오며 가며 벗을 불러 신구 환세 인사[6]로다
우리 낭군 어데 가고 세배할 줄 왜 모르노
벼슬로 외방外方 갔나 타향에 흥리興利 갔나[7]
거년 가고 금년 오니 생각하면 목이 멘다
남 잠자는 긴긴밤에 무삼 일로 못 자는고
슬프고 가련하다 이내 팔자 어이할꼬
손꼽아 헤아리니 오실 날이 막연하다
애고애고 설운지고 실낱 같은 이내 목숨
흐르나니 눈물이오 지이나니 한숨이라
아연듯 봄이 가고 가지마다 잎이 핀다
강남서 오는 제비 왔노라 현신하니
소상강 떼기러기 물을 보고 반기는 듯
거년에 갔던 짐승 금년에 다시 오네
무정한 우리 낭군 가고 올 줄 왜 모르노

---

6) 세배.
7) 장사하러 갔나.

청천에 뜬 기러기 님의 소식 알리워라
창망한 구름 밖에 빈 소식뿐이로다
연분도 급고 급고 금슬도 없다 없다
청천명월야에 생각나니 님이로다
이리저리 잊자 하니 아마도 웬수로다
잠깐이나 잊자 하고 화류 구경 하노라니
청풍 화류 상에 벗 부르는 황조로다
관관[8]하는 소리마다 이내 간장 다 썩인다
화류 구경 다 버리고 빈방으로 돌아오니
야월삼경 깊은 밤이 실솔성[9] 더욱 섧다
이리 가도 슬픈 소리 저리 가도 슬픈 소리
이 간장 둘 데 없어 친구 벗을 찾아가니
이 집도 가장 있고 저 집도 남편 있네
금슬을 잊자 하고 삭발위승削髮爲僧 하자 하니
시집도 양반이요 친정도 품관이라
가문을 헤아리니 삭발위승 어려워라
아마도 모진 인생 못 죽어 웬수로다
도로혀 다 뿔치고 다시 생각 말자 하여
영등을 높이 달고 언문 고담諺文古談 빗기 들고
소현성록 보노라니 화씨 석씨 절행이라
열녀전을 들고 보니 나 같은 이 또 있으랴

---

8) 끼룩끼룩.
9) 귀뚜라미 소리.

오동추야 긴긴밤에 전전불매 잠 못 들어
난간을 의지하여 혼잣말로 하는 말이
이팔청춘 늙어가니 이 시절 다시 볼꼬
장장추야 긴긴밤에 동네 할미 불러다가
옛말로 벗을 삼아 밤새우자 언약하니
그 할미 흉악하여
청춘소년 백발 되면 다시 젊지 못하리라
아무개네 맏딸애기 개가해서 편안하지
늙은 몸 자라 되어 노곡 선생 못 속인다
세상사 생각하니 부부밖에 또 있는가
이내 말씀 책망 말고 후일에는 대접하리
무정세월 유유하여 옥빈홍안 절로 늙네
할미년의 부동으로 상설霜雪같이 매운 마음
봄눈같이 풀어지고 암만해도 못 참겠네

골목골목 자랑 댕기
동네방네 구경 댕기

우리 아배 서울 가서 닷 냥 주고 떠온 댕기
우리 어매 눈공 들여 곱게 곱게 접은 댕기
우리 오빠 욕심 댕기 우리 동생 눈물 댕기
골목골목 자랑 댕기 동네방네 구경 댕기

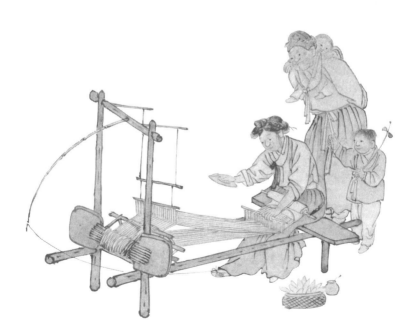

거울 보소 거울 보소

거울 보소 거울 보소
반달 같은 거울 보소
보름달은 어따 두고
반달 거울 되었느냐

아따 여보 그 말 마소
님과 나와 보던 거울
님은 가고 아니 오니
쪽거울이 남아 있소

거울

내 웃으면 너도 웃고
내가 울면 너도 운다
전생차생 무슨 연분
너와 나와 서로 만나
내 모습이 늙어가니
네 모습도 낡아가노

저 달이 비쳐서

창밖에 오는 비 산란도 하더니
비 끝에 돋는 달 유정도 하구나

저 달이 비쳐서 내 거울 되더니
님 가신 행처를 본 대로 전하네

정든 님이 쥐어 준 손거울

정든 님 가실 때 쥐어 준 손거울
님 얼굴 비쳤나 들여다보았지

정든 님 가실 때 꺾어 준 매화꽃
님의 정 아느냐 물어도 보았지

이내 정은 거울이라

님의 정은 햇빛이요 이내 정은 거울이라
님 아니 비춰 주면 어둠 속에 홀로 우네

침침칠야沈沈漆夜 다 지나고 새벽닭이 세 홰 우니
막막한 이 거울에 님의 빛을 보내소서

은장도 찬 아가씨야

물명주 고름에다 은장도 찬 아가씨야
너거 집이 어데길래 그리 곱기 꾸밌는고

대밭머리 기와집에 개가 캉캉 짖는 집에
우물가에 노송나무 가지마다 처진 집에
울 아버지 서울 양반 울 어머니 진주댁이
무남독녀 외딸이라 이리 곱기 꾸밌더라

네 은장도 나를 다고 내 고름에 매어 보자
주기사 주지마는 부모 무서워 못 주겠다

우리 할매 손엔 백통 가락지

저 건너 김 부자네 첩년은
금가락지만 끼고
이 건너 이 부자네 딸년은
은가락지만 끼고
우리 할매 늙은 손엔
백통 가락지 끼어 있고
이내 손엔 납가락지만
천년만년 끼어 있네

댕기 노래 1

달 아래 피는 꽃아 인애산 비친 꽃아
첨사 아들 태백산아 아전의 딸 마담춘아
너와 나와 살자 하네

대를 심어 대를 심어 옥담 안에 대를 심어
님의 대는 옥대 나무 이내 대는 설대 나무
님의 머리 석 자 머리 이내 머리 두 자 댕기
님의 댕기 공단 댕기 이내 댕기 생견 댕기
둘이 댕기 끝만 물려
얹혔더라 얹혔더라 담장 위에 얹혔더라
빠졌더라 빠졌더라 객사[1] 끝에 빠졌더라
주웠더라 주웠더라 김 동지가 주웠더라
주웠거든 주소 하소
우리 님과 인연 맺어 개명 관례[2] 한 후에
열대 쇳대 꿰어 차고 선화당에 놀고지고

---

1) 조정에서 내려오는 높은 벼슬아치를 대접하고 묵게 하던 집.
2) 아이 이름을 어른 이름으로 바꾸며 혼인을 하는 것.

댕기 노래 2

대로 숨가[1] 대로 숨가 물 가운데 대로 숨가
형님 대는 왕대로다 이내 대는 분대로다
형님 머리 두 자가웃 이내 머리 석 자가웃
형님 댕기 두 자 댕기 이내 댕기 석 자 댕기
두키 댕기 한데 묶어
일갓도다[2] 일갓도다 객사 뒤에 일갓도다
주웠도다 주웠도다 김 도령이 주웠도다
주웠거든 나를 주소
말없이 주운 뻔을 곡절 없이 너를 줄까
아들아기 낳그들라 빵기빵기 웃거들라
딸아기 낳그들라 앙창앙창 걸을 적에
너를 주마 너를 주마

---

1) 대나무를 심어.
2) 잃었도다.

댕기 노래 3

댕기 댕기 금초 댕기
우리 아배 서울 가서 닷 냥 주고 떠온 댕기
우리 어매 눈공 들여 곱게 곱게 접은 댕기
우리 오빠 욕심 댕기 우리 형아 개살[1] 댕기
우리 동생 눈물 댕기 골목골목 자랑 댕기
동네방네 구경 댕기 사람마다 웃음 댕기
빠졌도다 빠졌도다 이내 댕기 빠졌도다

---

1) '샘'의 사투리.

줌치 노래

열매 하나 따아다가
해님을랑 안을 넣고
달님을랑 겉을 대어
줌치¹⁾ 한 개 지어내서
중별 따서 중침 놓고
상별 따서 상침 놓아
무지개로 선 두르고
다홍실로 귀 받쳐서
동래팔사 끈을 달아
한길가에 걸어 놓고
올라가는 구감사야
내려오는 신감사야
저 줌치를 구경하소

그 줌치를 누 솜씨로
누가 누가 지어냈소
어제 왔던 순검씨와

---

1) 주머니.

아래 왔던 선이씨가
둘의 솜씨 지어냈소

저 줌치를 지은 솜씨
은을 주랴 금을 주랴
은도 싫고 금도 싫고
물명주 석 자 수건
이내 허리 둘러주소

맨드래미 깃을 달고

맨드래미 깃을 달고
봉선화라 섶을 달아
입어 보니 때가 묻고
벗어 보니 입고접고
만지다가 다 떨았네[1]

---

1) 다 해어졌네.

명주 애기 짝저고리

동해 바다 한가운데 노송나무 한 그루의
동켠 가지 죽은 후에 해오라비 앉았구나
소음지[1]를 서른석 대 고이고이 솎아내어
명주 애기 짝저고리 아삭바삭 말라내어
동켠 가지 걸어 놓고 들며날며 보니까니
섶이 없어 못 하겠다 깃이 없어 못 하겠다
동네방네 돌아당겨
입쌀 한 말 얻어다가 짝저고리 섶을 달고
좁쌀 한 말 얻어다가 짝저고리 깃을 달고
지추 자지[2] 진자지로 무를 질러 고름 달아
명주 애기 입혀 보니 해오라비 덕이로다

---

1) 작고 연한 가지.
2) 지초로 물들인 자줏빛.

깜둥깜둥 까죽신에

깜둥깜둥 까죽신에
백버선이 어여쁘고
당깔매 저고리에
흰 동정이 어여쁘오

갖신 노래

부용당 못물 속에 달과 별이 비친 밤에
천태산 만태산에 안개 살짝 내린 밤에
오불꼬불 오솔길로 갖신 달달 끄는 소리
아리땁고 고운 아씨 후원길로 돌아드네

기화요초 만발한데 해당화 더욱 고와
밤이슬에 젖은 얼굴 달빛 아래 연연하다
풀잎에 맺힌 이슬 영롱도 하옵더니
발길이 스쳐 가니 눈물같이 지는구나
자던 새 놀라 깨고 자던 가지 흔들리고
연당에 고인 물은 꽃 그림자 어지럽다

돌층대 오를 적에 자박자박 당여 소리
노래하던 풀벌레도 귀 기울여 듣는 듯고
마루 밑에 삽살개도 반겨서 꼬리 치네

금실 은실 선을 둘러 아표 자 무늬 수를 놓아
흰 바탕 푸른 코에 상침을 고이 놓아
외씨 같은 보선 아래 모양 있게 신은 당여

아씨도 곱거니와 너 또한 진기하다

마루에 오를 제는 너를 벗어 남겨 두고
아씨 혼자 사라져서 오경이 지나도록
싸늘한 달빛 아래 너 홀로 떠는구나

아씨를 모시기는 너와 나와 일반이라
네 설움을 내가 알고 내 설움을 네가 안다
인간 천지 만물 중에 그 무엇이 될 것 없어
남의 집 종이 되어 이리 답답 한숨짓노

조끼 자랑

하늘이라 불 컨 방에
글 못하는 저 선비가
모시옷을 원한다네
삼가 합천 당목실을
잇고 잇고 곱이어서
열석 새로 건 바디에
세상없는 베를 낳아
제주 조끼 지어 입고
서울이라 긴 골목에
조끼 자랑 하러 가니
서울이라 넓은 곳에
처녀 한 쌍 떠나온다
처녀 댕기 끝만 보고
총각 간장 다 녹는다
아무렴사 처녀 되어
총각 간장 못 녹일까
서울 비단 백비단을
하동 가서 물을 들여
전주 가서 다듬어서

조선국의 바느질에
일만국의 깃을 달고
백갑사로 동정 달며
명주 고름 살풋 달아
아침 이슬 깔아 들여
은다리미 뺨을 맞춰
개자 하니 살이 지고
입자 하니 때가 묻고
줄대 끝에 걸어 놓고
들면 보고 날면 보고
눈살 맞아 떨어지네

또드락딱 방망이질

또드락딱 또드락딱
똑딱 똑딱 또드락딱
장장추야 긴긴밤에
명주 비단 방망이질

휘영청 달은 밝고
골목길은 비었는데
가물가물 등불 아래
또드락딱 방망이질

벽오동 잎이 지고
우물물은 고였는데
가을바람 불어가는
온 마을에 다듬이질

방맹이요 방맹이요

방맹이요 방맹이요
수리슬슬 내리소서
남원 땅 춘향이는
나이는 십륙 세요
성은 성가라
오작교가 부러져서
서울 낭군 떠났는데
소원 성취 하겠으면
두 방맹이 합쳐지고
영영 오지 않겠으면
두 방맹이 떨어지소

■ 영남 지방에서 여인들이 다듬이 방망이를 두 손에 쥐고 이 노래를 부르면서 '방망이 점'을 쳤다고
한다. 지방마다 사설이 다른데 높은 신을 부르기도 하고 춘향이, 천지봉 들을 부르기도 한다.

팔모 소반 정히 닦아

팔모 소반 정히 닦아
손님 진지 차려 놓고
네모 반은 겸상 차려
큰사랑에 들여가고
개다리상 초솔하니[1]
머슴밥을 많이 뜨고
시누아씨 시아저씨
고루고루 상 차리니
이내 나는 빈 사발에
모지랑 술[2]뿐이로다
낭군님이 남긴 대궁[3]
시동생이 다 먹었네

---

1) 거칠고 엉성하여 볼품이 없으니.
2) 모지라진 숟가락.
3) 먹고 남은 밥.

밥상은 있소마는

밥상은 있소마는
무슨 반찬 놓으리까
반찬은 있소마는
무슨 국을 놓으리까
국이사 있소마는
무슨 진지 놓으리까

한가위 지난 뒤엔
햅쌀밥이 좋으니라
아이고지고 그 말 마소
가슴속에 불이 나오

정지문에 나들박

이박 저박 곤지박 정지문에 나들박
몇 삼년을 나들어 이 문턱이 다 달았노

삐걱삐걱 열린 문아 삐걱삐걱 닫힌 문아
네 설움을 내가 알고 내 설움을 네가 알지

새벽동자 물동이와 저녁 진지 대주상[1]을
너를 열고 들어가고 너를 열고 내어왔네

시집살이 설운 원정 눈물받이 행주치마
정지문에 걸어 두고 나 울 적에 너도 우나

---

1) 집안에 제일 높은 어른의 밥상.

정지문 안에 살강

강강 무슨 강
정지문 안에 살강[1]
살강 위에 바구리
바구리 위에 조리
꽁보리를 삶아서
점심 저녁 남겨라
샛바람에 흔들려
살강 밑에 숟가락

---

1) 그릇이나 기타 부엌살림들을 얹어 두는 층층이 맨 선반.

부엌 앞 부지깽이

부엌 앞에 부지깽이
네 신세도 난감하다
온 솥밥을 다 해 주고
밥 한술도 못 먹었나
온 구들을 덥히느라
네 꼬리를 다 태웠나
만첩청산 청솔가지
너희 형제 끄스르고
네 신세도 하릴없이
몽달귀[1]가 되었구나

---

1) 총각으로 죽은 귀신. 여기서는 모지라진 나무 꼬챙이라는 뜻.

접봉선화 너를 따서

어둠어둠 할무대[1]는 남 먼저도 홀로 피고
햇듯뺏듯 박꽃은 저녁 이슬 질 때 피고
누럿누럿 호박꽃은 돌담으로 휘돌갔고
아기자기 봉선화는 울타리 밑에 피었구나

이꽃 저꽃 버려 두고 접봉선화 너를 따서
풋돌로 다져서 소금 넣어 간을 해서
파랑 잎에 싸 가지고
새끼손 끝손톱에 당사실로 매어 보자
우는 아이 업은 듯이 베감투를 쓴 듯이
나뭇단을 인 듯이 꼴망태를 진 듯이
얄라궂네 내 손가락 보두새 우습구나

그래도 참고 참아 풀어도 보지 말고
등불 아래 길쌈할 때 물 여다가 밥을 할 때
남정네가 지나가면 손길 뒤로 감추면서

---

1) 할미꽃.

하루낮을 다 지나고 하룻밤을 또 지나면
주사런가 단사런가[2] 곱게도 물이 들어
동무들아 내 손 봐라 이웃 아기 내 손 봐라
구십춘광 고운 봄이 이내 손에 머물렀네
섬섬옥수 이내 손이 꽃잎같이 붉어 있네

---

2) 주사, 단사는 붉은 빛을 띠는 광물. 붉은색 안료나 약재로 쓴다.

골무에 수를 놓아

골무에 수를 놓아
감투처럼 쓰고 보니
우습다 내 손가락
출진하는 대장인가

바늘 노래 1

양치손 상품 쇠[1]는 지어내니 바늘이라
삼사월 긴긴해에 규중처녀 벗일러니
애껴 애껴 불리다가[2] 네 몸이 자끈하니
부러졌네 부러졌네 단통으로 부러졌네

나라님의 곤룡포도 널로 하여 지어 입고
성인군자 유리복도 널로 하여 지어 낸다
부러진 흔적이나 낚시를 휘어 내어
청류수에 내달아서 잉어를 낚아 내어
부모 봉양 하고지고

---

1) 제일 좋은 쇠.
2) 쓰다가.

바늘 노래 2

상주 땅 상품 쇠야 내리내니 바늘일세
상중에는 그늘이요 상상에는 보배로다

천자의 곤룡포도 널로 하여 지어 입고
가업수름 관대[1]여도 널로 하여 지어 입고
성인의 추이복도 널로 해서 지었으니
내 몸이 정강커든[2] 장수할 줄 알았더니
요통으로 상사 나니 아깝고도 애석할사

---

1) 갓과 띠. 격식을 갖출 때 입는 겉옷.
2) 굳고 튼튼하기에.

바늘 노래 3

금생여수[1] 네가 날 제 서방 정기[2] 타고났네
흙 가운데 묻혔던 걸 파서 내고 일어 내어
대장간에 녹여내어 큰 망치로 두드리고
작은 망치 다듬어서 고이 만든 이 바늘이
우리들의 스승일세

입이 저리 뾰족하니 바른말을 못할런가
귀가 저리 뚫렸으니 바른말을 못 들었나
몸이 저리 곧았으니 절개가 바르겠고
반짝반짝 빛이 나니 몸가짐이 조촐하고
부러져도 안 굽히니 충성이 거룩하다

늙은 부모 조부모의 핫옷 지어 드린 후에
어린 아기 꽃저고리 우리 동생 색버선에
님의 옷도 지어 내니
너와 같이 부지런코 너와 같이 재주 있고

---

1) 물이 맑은 곳에 금이 난다는 말.
2) 쇠는 서쪽의 정기를 받은 것이라고 생각하였다.

너와 같이 다정하고 너와 같이 신기할까

그래도 고분고분 몸을 굽혀 절을 하니
너야말로 이 세상의 겸손하온 벗이로다
나도 어찌 너와 같이 잘 배우고 재주 있어
사람에게 유공有功하기 이리하여 보올쏜가

분길 같은 이내 손이

분길 같은 이내 손이
옴더덕이 되었구나
손등은 피가 나고
손바닥은 못이 졌네

우리 님이 돌아와서
이 손길 만져 보면
싫다실까 곱다실까
고생했다 기리실까[1]

---

1) 칭찬을 해 주실까.

손 노래

대천지 밝은 해가 뒤뜨락에 비쳐 들어
따땃한 마루 끝에 일없이도 앉았으니
보이나니 두 손이라 손 노래나 하여 볼까

오동통 두 손목은 명주실로 잘라맨 듯
반호장 남끝동이 안개같이 덮여 있네

복실복실 이내 손등 무슨 무안 당했기에
발그레 상기하여 천장을 보고 있노

잔금 많은 손바닥은 근심 걱정 많다는데
긴 개천 작은 개울 수다히도 흘렀구나

다섯 개 손가락은 한날한시 났건마는
어떤 것은 애기 되고 어떤 것은 엄지라네

손가락 마디마디 대라도 죽순인 듯
죽절이 하두 고와 들고 보고 놓고 보네

낭자의 거울인가 선녀의 반달인가
모양 있게 물린 손톱 가지런히 반짝이네

손아 손아 이내 손아 날과 함께 크는 손아
복스럽고 복스럽다 치마폭에 감싸 줄게

에헤로 찧어로 방아로구나

강원도 영천 앞 물방아가 있는지라
밉지 않은 마누라들이 도구방아를 찧어
이야 어서 찧고 잠이나 자잤구나
낭군 없이 드는 잠은 새우잠을 잔다
에헤로 찧어 찧어로 방아로다

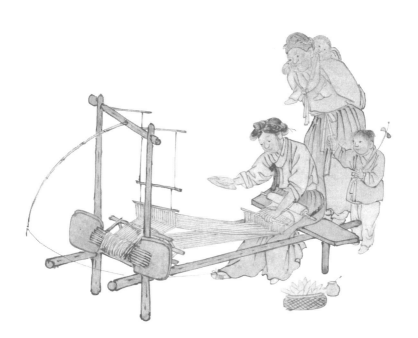

방아 타령 1

놓았다 좋다
이 방아를 어서 찧어 부모님 봉양을 하자꾸나
먼 산에 봄이 드니 불탄 풀이 속잎 난다

(후렴) 에헤 에헤요 에헤 우여라 방아로구나

푸른 것은 버들이요 누른 것은 꾀꼬리라
놓았다 좋다
삼산반락 청천외三山半落靑天外요
이수중분 백로주二水中分白露州라[1] (후렴)

반나마 늙었으니 다시 젊든 못하리라
놓았다 좋다
강남서 나온 제비 박씨 하나를 입에 물고
허공천에 높이 떠서
이집 저집 다 버리고 흥부집으로 돌아든다 (후렴)

---

1) "산들은 푸른 하늘 밖에 멀리 떨어져 있는 듯하고, 두 강물이 넓은 들판을 흘러간다."는 뜻. 이백
李白의 시 '등금릉봉황대登金陵鳳凰臺'의 한 구절.

앞산에 달이 뜨니 뒷강물이 밝아를 온다
강원도라 미잣골에는 물레방아가 없는지
과년한 치녀들이 도구방아²⁾를 찧어라 (후렴)

나비야 청산 가자 호랑나비 너도 가자
녹죽은 우거지고 청송은 늘어지고
놓았다 좋구나
언덕마다 울긋불긋 만화방창에 봄이로다 (후렴)

번개는 번쩍 천둥은 우루룩
천지 강산이 되눕는 듯
놓았다 좋구나
어서어서 찧어 보자 앞산 뒷산에 비 묻어온다
이 곡식을 어서 찧어야 어린 처자가 좋아한다 (후렴)

인제 가면 언제 오리오, 오마는 기한이나 일러 주오
북악이 평지 되건 오시려나
대천 바다 육지 되어 행인이 다니거든 오시려나
뒷동산 군밤을 묻어 싹이 나거든 오시려나
병풍에 그린 황계 두 나래를 둥당 치며
사오경 일점³⁾에 날 새라고 꼬끼오 울거든 오시려나 (후렴)

---

2) 돌절구.
3) 이른 새벽이라는 뜻.

하늘이 높다 해도 삼사오경에 이슬을 주고
북경이 멀다 해도 사신행차 왕래하고
무한년 정배라도 사이 내려[4] 오건마는
황천길은 무슨 길인지 한번 가면은 올 줄을 모르나 (후렴)

놓았다 좋다
쿵더꿍 찧는 방아 끝도 없고 한도 없어
후야장 긴긴밤이 동녘이 밝아를 오는구나 (후렴)

---

4) 왕의 용서를 받아.

방아 타령 2

엘화 찧어 에헤로 방아로구나
강원도 영천 앞 물방아가 있는지라
밉지 않은 마누라들이 도구방아를 찧어
이야 어서 찧고 잠이나 자잤구나
낭군 없이 드는 잠은 새우잠을 잔다
에헤로 찧어 찧어로 방아로다

술이라 하는 것은 아니 먹자 맹세터니
안주 보고 술을 보니 맹세 둥둥 허사로다
에헤로 찧어 찧어로 방아로구나

잠이라고 하는 것 수일 저녁 잠 못 자
팔진미 입에다 넣으니 모두 다 모래 같고
집을 팔고 밭을 파니 패가망신 이 아닌가
에헤로 찧어 찧어로 방아로다

지개 방탕 큰아기들은 망건 뜨기를 잘한다더라
이야 그것 모두 다 거짓말이로다
아모개 딸이라 다 그럴것가

망건 고장이기 그렇지
에헤로 찧어 찧어로 방아로다

길갓집 큰아기들은 내다보기를 잘한다더라
이야 그것 모두 다 거짓말이로다
길갓집 큰아기라고 다 그럴것가
홀압자식이 그렇지
에헤로 찧어 찧어로 방아로구나

방아 타령 3

(후렴) 엘화 찧어 에헤로 방개 훙개로구나

정월이라 대보름날 액막이[1]가 떴단다 (후렴)
이월이라 한식날은 춘추절[2]이 떴단다 (후렴)
삼월이라 삼짇날은 제비 새끼가 떴단다 (후렴)
사월이라 파일날은 불등 놀이가 떴단다 (후렴)
오월이라 단오일은 추천줄이 떴단다 (후렴)
만경창파 대해 중에 대강 오리가 떴단다 (후렴)
전라도라 왕대 우물에 소고 자루가 떴단다 (후렴)
너 암만 찧어도 헛방아만 찧는다 (후렴)

---

1) 액막이 연, 곧 재난을 막는 연이라는 뜻.
2) 봄가을의 제사. 여기서는 한식날 산소에 가는 것을 가리킨다.

방아 타령 4

사신 행차 바쁜 길에 마중 참이 중화로다
산도 물도 중중 옛 왕성이 평양이다
청천의 뜬 까마귀 울고 가니 곽산
모닥불에 묻은 콩이 튀어나니 패용이라
찼던 칼 빼어 놓니 하릴없는 용천
청총마[1]를 칩떠 타고 돌아보니 의주로다

---

1) 잘 달리는 좋은 말.

방아 타령 5

에헤 에헤이요 엘화 찧어로 방아로구나
반나마 늙었으니 다시 젊지는 못 할레라

엣다 좋구나
이십오현 탄야월二十五絃彈夜月에 불승청원不勝淸怨[1] 저 기러기
갈순 한 대를 입에다 물고 부러진 죽지를 좔좔 끌며
점점이 날아드니 평사낙안[2]이 엘화 아닌가

에헤 에헤이요 엘화 찧어로 방아로구나
이르렁성 저르렁성 흐트러진 근심
만화 방창에 엘화 궁글어라

엣다 좋구나
뒷동산 노송지에 자고 가는 저 황조며
후원 초당 백화 중에 놀고 가는 저 봉접아
그립던 님의 소식을 엘화 전하려무나

---

1) 달밤에 거문고를 타니, 한스러움을 견딜 수 없다.
2) 모래밭에 기러기가 앉는 것.

에헤 에헤이요 엘화 찧어로 방아로구나
연당에 놀던 학이 날아든다고 엘화 춘당대[3]로다

에헤 에헤이요 엘화 찧어로 방아로구나
진국명산鎭國名山 만장봉萬丈峯에 청천삭출靑天削出[4]이
엘화 금부용金芙蓉[5]일다

엣다 좋구나
천천히 완보하여 박석티를 넘어가니
객사청청 유색신客舍靑靑柳色新은 내 나귀 매고 놀던 데요
오초吳楚 동남 넓은 뜰은 우리 님 다니던 길이로다
광한루야 잘 있더냐 오작교야 엘화 네 무사터냐

에헤 에헤이요 엘화 찧어로 방아로구나
세월 네월아 오고 가지 마라
장안 호걸이 엘화 공로로구나

엣다 좋구나
남산 밑에 남 도령아 온갖 화초를 베어도
금사오죽金絲烏竹은 베지 마라

---

3) 서울에 있는 누대 이름. 여기서 과거를 보였다.
4) 푸른 하늘에 깎아지른 듯이 솟은 산.
5) 금으로 만든 연꽃같이 고운 산.

올 자라 내년 자라 삼사오륙 년 잠깐 자라
낚시나 점대를 베어 놓고
낚으면 능사요 못 낚으면 상사라
상사 능사로 매듭을 맺어
그 매듭 풀리도록 너하고 나하고 놀자

엣다 좋구나
영산홍도 봄바람에 넘노나니 황봉 백접
붉은 꽃 푸른 잎은 산영山影 산천을 그림하고
나는 나비 우는 새는 춘광 춘흥을 엘화 자랑 마라

에헤 에헤이요 엘화 찧어로 방아로구나
우리네가 찧는 방아 만인간의 복방아라
이 방아를 찧어야만
위로는 부모 봉양 아래로는 자손 양육
형제 친척 화목하여 만복을 누린다네

방아 타령 6

콩닥콩 콩닥콩 절굿대 방아
언제나 다 찧고 님 맞이 갈까
들고서 긴 한숨 놓고서 잔 한숨
방아는 찧어도 시름이로세
이 방아 다 찐들 한번 간 님이
또다시 날 찾아올 리 없건만
그래도 이 몸은 방아나 찧어
돌아올 그날을 보잔 뜻일세
절구질 손 익어 서둘지마는
방아야 이 마음을 아는 둥 만 둥
이 몸이 죽어서 절구통 되어
답답한 이 가슴 찧어나 보리

방아 타령 7

산지니야 수지니야
해동청 보라매[1]
고봉은 동산 뚝 떨어져서
만학천봉 중설임에
까투리 따라서 끼고만 돌고
서해에 울담에 물레방아는
사사십육 열여섯 달
제 굴대 안고만 돈다
찍국찍국 돌아가는 연자방아는
제 종대 안고 돌아만 가고
스르릉왱왱 돌아가는
세살물레의 꽁지머리[2]는
큰애기 손에 끼고만 돈다

---

1) 해동청은 사냥에 쓰는 매. 보라매는 난 지 일 년이 안 된 새끼를 잡아 길들인 매.
2) 물레 손잡이.

방아 타령 8

(후렴) 호호호 방아야

호호호 방아야 (후렴)

천년만년 돌고 돌아 (후렴)

만백성을 살린 방아 (후렴)

초여름에 햇조 방아 (후렴)

초가을에 올벼 방아 (후렴)

쿵쿵 찧는 물방아에 (후렴)

찌이러쿵 디딜방아 (후렴)

산아 산아 푸른 산아 (후렴)

너는 어이 푸르렀노 (후렴)

우리 부모 백발 되어 (후렴)

청산에다 묻고 왔다 (후렴)

부모 상사 당한 후에 (후렴)

빈객 조문 오건마는 (후렴)

단지 밑이 비었으니 (후렴)

방아 방아 설운 방아 (후렴)

청천 하늘 별도 많고 (후렴)

우리 농군 애도 많다 (후렴)

영감 할마니 마주 앉아 (후렴)

메주 방아 찧는구나 (후렴)

메주 방아 찧지 말고 (후렴)

장떡 방아 찧어 보소 (후렴)

장떡 방아 찧지 말고 (후렴)

쑥떡 방아 찧어 보소 (후렴)

장떡 쑥떡 말도 마라 (후렴)

송기 방아를 찧고 있다 (후렴)

남문 열고 바라를 보니 (후렴)

산천초목 불이 붙네 (후렴)

그 불이사 불 아니다 (후렴)

만백성의 울화로다 (후렴)

방아 방아 절구 방아 (후렴)

팔이 아파 못 찧겠다 (후렴)

방아 방아 가달 방아[1] (후렴)

다리 아파 못 찧겠다 (후렴)

방아 방아 물방아는 (후렴)

물이 없어 못 찧겠다 (후렴)

물이야 있네마는 (후렴)

벼가 없어 못 찧겠네 (후렴)

쿵덕쿵덕 찧는 방아 (후렴)

복 방아냐 명 방아냐 (후렴)

---

1) 가래 방아. 둘이 찧는 방아로 디딜방아의 하나.

한 섬 두 섬 열닷 섬에 (후렴)

백닷 섬만 찧어 다고 (후렴)

방아 타령

호호호 방아야

이 방아가 누 방안가 월궁항아 절구 방아[1]

천년만년 약을 찧어 어느 님을 주시는고

호호호 방아야

이 방아가 누 방안가 경신년의 조작 방아[2]

만백성을 살리자고 이 방아를 내었는가

호호호 방아야

이 방아가 누 방안가 춘삼월 연자 방아

달은 밝아 교교한데 햇조 방아나 찧어 보세

---

1) 달에 '항아' 라는 선녀가 살면서 밤마다 절구로 약을 찧는다는 전설이 있다.

2) 방아를 만들 때 동티를 막기 위해 방아에 '경신년, 경신월, 경신일, 경신시 강태공 조작' 이라고 새겨 넣었다.

방아 타령 9

(후렴) 에에 에헤야
    에라 우겨라 방아로구나

이러숭 저러숭 흐트러진 근심
만화방창[1]에 에헤야 궁굴렀구나 (후렴)

세월아 네월아 네가 가지를 마라
청춘의 홍안들이 백수 풍상[2]에 늙는다 (후렴)

치어다 보니는 만학의 천봉이요
내려다 보니는 백사지로구나 (후렴)

허리 굽은 늙은 나무 광풍 한설을 못 이겨서
우줄우줄이 춤을 추니 이 아니도 설울쏜가 (후렴)

강가의 어장촌은 다닥도 다닥 붙었는데

---

1) 일만 가지 꽃이 만발했다는 뜻.
2) 거친 세상에 백발이 된다는 말.

어느 누구 고루거각이 벽공 중에 솟았느냐 (후렴)

만학천봉의 좋은 경치 구름 속에다 묻어 두고
우리 같은 농군들은 고개 돌릴 겨를이 없구나 (후렴)

영산홍록 봄바람에 넘노나니 황봉 백접[3]
시절 좋다 자랑 마라 궁춘 삼월이 눈물철이다 (후렴)

지리산에 갈까마귀는 안개비 따라서 날고요
타작마당의 검부레기는 긴 한숨에 난다네 (후렴)

가는 님을 잡고서 성화를 말고서
사잇문 잠그고 실통곡을 하여라 (후렴)

억만 장안 남북촌에 놀고먹는 오입쟁이
명기 명창 다 모다 싣고 유산놀이만 가는구나 (후렴)

노들강의 비둘기는 푸른 콩 한 알로 정을 주고
암놈 숫놈이 어르는 소리 과부의 심정이 난감이다 (후렴)

소년의 시절을 허송을 말아라
일장춘몽의 인생살이 백발의 탄식이 어이없다 (후렴)

---

3) 누른 벌과 흰나비.

반나마 늙었으니 다시 젊지는 못할망정
하느님 전에 등장을 하여
더 늙지 말도록 빌어나 볼까 (후렴)

닻이나 감아라 배나 당기어라
물때가 늦어간다 에헤야 돛대나 세워라 (후렴)

세월아 네월아 오고 가지를 말아라
장안의 호걸남아가 이렇게 공로空老로구나 (후렴)

너는 뉘며 나는 뉘냐 오매불망의 님이로구나
백설이 난분분해도 이별 없이만 살아를 보자 (후렴)

옥이 옥이라고 다 옥돌인 줄 아느냐
경주야 남산에 벽옥돌만 옥이라네 (후렴)

방아 노래 1

방아야 방아야
한숨 방아 눈물 방아 쿵쿵 찧니 돌쌀 됫박
하루해를 어찌 사노 하아 아득 까막해라

(후렴) 내 팔자야 내 팔자야
　　　천생 태난 팔자라서 이리 무정 무정하냐

방아야 방아야
울음 방아 원한 방아 팔자 좋은 어떤 놈은
호의호식 하건마는 이내 신세 웬일인고 (후렴)

방아야 방아야
설움 방아 통곡 방아 꽃은 피어 화산인데
이내 봄은 왜 안 오나 이내 신세 어이없다 (후렴)

방아야 방아야
들고 방아 놓고 방아 가슴 가득 쌓인 원한
네나 알아주려무나 아이고 답답 내 신세야 (후렴)

방아 노래 2

산에 나리꽃방아
들에 잎새풀방아
물고장아 물방아
뺑뺑 도는 연자방아
둥에나무 디딜방아
미끌미끌 기장방아
원수 끝에 보리방아
찧기 좋은 나락방아
사박사박 율미[1]방아
찌글찌글 녹살방아
오동추야 달 밝은 밤
백미 청미 찧는 방아
어느 천년 다 쩌 놓고
동산 구경 언제 가나

---

1) 율무.

방아 노래

방아야 방아야
방아야 방아야
에이덜컹 방아야

하루 종일 찧어도
피 한 되를 못 찧네
에이쿵쿵 방아야

방아 노래

방아 방아 찧는 방아
쿵덕쿵덕 찧는 방아
언제나 다 찧고
밤마실 갈거나

물방아 타령

떨떨리구 방아로다
에헤야 콩콩 찧어라
물방아는 돌아간다
신계야 곡산 물은 흘러
방앗간 옆으로 내리는데
물방아꾼이 덜커덩 쿵쿵
물벼를 찧어라
기름진 햅쌀이 쏟아지니
방아 찧기도 신명이 나네

망질 노래 1

(후렴) 둘러 주소 둘러 주소

둘러 주소 둘러 주소 (후렴)

얼른 펄쩍 둘러 주소 (후렴)

두르길랑 내 두를게 (후렴)

노랠랑은 네 메겨라 (후렴)

하나 둘이 갈더라도 (후렴)

열스물이 가는 듯이 (후렴)

먼 데 사람 듣기 좋게 (후렴)

곁에 사람 보기 좋게 (후렴)

인삼 녹용 먹은 듯이 (후렴)

냉수 동이나 먹은 듯이 (후렴)

막걸리 동이나 먹은 듯이 (후렴)

신계 곡산 거석매야 (후렴)

여거 맨 줄 알지 마소 (후렴)

장단 고랑포 곧은 매야 (후렴)

송도 장안으로 돌아든다 (후렴)

삼간 마루 대들보에 (후렴)

이간 마루 줄을 늘여 (후렴)

황경나무 두 지게에 (후렴)

황주 봉산 굵은 말에 (후렴)

대추나무 밀매손[1]에 (후렴)

그 청년 소년들은 (후렴)

목만 살짝 넘겨 주소 (후렴)

백발노인은 밀어만 주소 (후렴)

의주 바람 부는 대로 (후렴)

서울 인경 치는 대로 (후렴)

명주 고름 능노는 듯이 (후렴)

야밤삼경 다 밝아 오니 (후렴)

쇠양길도 돌아를 가세 (후렴)

끝없이 가는 은하 다 흘렀쇠다 (후렴)

총각의 둘레머리 (후렴)

처녀 적의 귀밑머리 (후렴)

연반물치마에 (후렴)

메꽃 저고리 제격이라 (후렴)

뒷동산의 전나무는 (후렴)

뱃사공 돛대로 다 나간다 (후렴)

앞동산의 칡싸리는 (후렴)

배꾼의 돛줄로 다 나간다 (후렴)

앞강에 뜬 배는 님 실러 갈 배요 (후렴)

뒷강에 뜬 배는 낚시질 배요 (후렴)

---

1) 맷돌 손잡이.

님 실러 갈 적엔 외돛 달고 (후렴)

님 신고 올 적엔 쌍돛 단다 (후렴)

뒷동산의 양달싸리는 (후렴)

곶감꼬치로 다 나간다 (후렴)

개울섶에 물푸레나무는 (후렴)

채찍감으로 다 나간다 (후렴)

앞동산의 홍버들나무는 (후렴)

처녀 몽둘이로 다 나간다 (후렴))

이슬아침 만난 친구 (후렴)

해 질 골서 이별이라 (후렴)

해 질 골서 이별일까 (후렴)

정밤중에 이별일세 (후렴)

산곡마다 그늘졌네 (후렴)

골골마다 연기 나네 (후렴)

전등같은 팔따지로[2] (후렴)

소리[3] 같은 주먹으로 (후렴)

홰홰칭칭 홰홰칭칭 (후렴)

둘러 주소 둘러 주소 (후렴)

---

2) 전통 같은 팔로. 전통은 화살을 넣은 통. '팔따지' 는 '팔때기'.
3) 소라.

망질 노래

둘러 주소 둘러 주소
일심 받아 둘러 주소
두르길랑 내 두를게
메기길랑 잘 메기게

신계 곡산 괴석매야
연안 배천 숙석매야
어석버석 잘도 먹네
어서 갈고 어서 자세

어린 자식 젖 달라네
자란 자식 밥 달라네
용마 새끼 죽 달라네

망질 노래 2

(후렴) 꿈드러렁 꿈드렁
　　　지게나 망손[1]을 둘러 지게나 망손을

둘러라 둘러라 지게나 망손을 (후렴)
이 망의 석수는 석수 중 상석수로다 (후렴)
고수같이 얽은 망아 핑글핑글 잘도 돈다 (후렴)

맷돌 앞에 앉은 각시 솜씨 나게 둘러 주게 (후렴)
신계 곡산 거석매를 돈닢같이 둘러 주게 (후렴)
풍덕 개성 차돌매를 접시같이 둘러 주게 (후렴)

바람 불 때 갈잎같이 폭포 아래 물방울같이 (후렴)
달리는 말편자같이 얼음판에 팽이같이 (후렴)
비 오는 날 우레같이 우렁우렁 둘러 주게 (후렴)

어서 갈고 어서 가세 큰방 마님 눈꼴 보게 (후렴)
어서 갈고 어서 가세 사랑 영감 말투 보게 (후렴)

---

1) 맷돌 손잡이.

매[2] 갈기는 힘들어도 눈칫밥은 더 섧다네 (후렴)
맷돌 소리 목을 놓아 부르면서 갈아 보세 (후렴)

2) 맷돌.

맷돌 소리

한둘이 갈더라도
열스물이 가는 듯이
오헤나 맷돌

인삼 녹용 먹은 듯이
수얼수얼 갈아 주소
오헤나 맷돌

삼간 마루 대들보에
이간 마루 줄을 늘여
오헤나 맷돌

늙은이는 밀어 주고
젊은이는 당겨 주소
오헤나 맷돌

맷돌 노래 1

동글동글 돌리소 자꾸자꾸 돌리소
용은 덜덜 울고 구름은 뭉게 피오

자꾸자꾸 돌리소 동글동글 돌리소
이콩 저콩 다 갈아 두부장을 지지소

돌려 돌려 돌리소 쉬지 말고 돌리소
까치 새끼 재재잭 해가 지고 달 뜨오

맷돌 노래 2

고수같이 얽은 매 팽이처럼 돌리자
돌리자 돌리자 멍석매를 돌리자

뺑뺑 돌아 돈닢매 갑신갑신 돌리라
돌리자 돌리자 거석매를 돌리자

맷돌 노래

둘러 주게 둘러 주게 요내 밀매 둘러 주게
요내 밀매 둘러 주면 준치 자반 먹는다네

준치 자반 아니 먹는 신계 곡산 중이 살까
요내 몸은 백옥이라 부처님의 제자라네

맷돌 노래

돌이 첩첩 쌓였으되 산은 아니고
점도록[1] 돌아도 오 리를 못 가는구나

백운이 분분하되 칩지는 않고
자꾸자꾸 먹어도 배부르지 않구나

---

1) 하루 종일. 해가 저물도록.

목화 따는 노래 1

심심하고 얌냠한데
길군악을 불러 주세

오늘 해도 거지반 갔는데
골골마다 그늘이로다

사래나 차고 길찬 밭[1]에
목화 따기 늦어를 간다

머리 좋고 실한 처녀
줄뽕 낡에 걸렸구나

산 들에 선들 부는 바람
모시 적삼을 입고지고

---

1) 아주 미끈하게 긴 밭.

목화 따는 노래 2

길고 긴 장찬밭에
목화 따는 저 처녀야
어느덧 베를 낳아
관복 도복 지어 보세

콩도 심고 팥도 심어
백곡 성숙한 연후에
이것저것 거두어서
사당 천신[1]한 연후에
부모 봉양 하옵시다

---

1) 햇곡식으로 음식을 해서 사당에 제사를 지내는 것.

뽕 따는 노래 1

뽕을 따세 뽕을 따세 이 산 올라 올뽕 따세
겉잎 겉잎 다 버리고 비단잎만 골라 따세

청실홍실 고운 비단 물명주 갑사 비단
야단포 숙수 고사 각색 비단 뽕을 따세

뽕을 따다 님이 오면 님도 보고 뽕을 따세
높은 가지 휘어 따고 낮은 가지 일며 따세

한잠 자고 두잠 자면 집을 짓는 우리 누에
겹겹이 덮어 주고 다독다독 먹여 주세

뽕나무 가지 위에 실안개가 걸렸구나
실안개 그 위에는 초승달이 걸렸구나

졸졸졸 흐르는 물 산노랜가 들노랜가
물소리도 정이 드네 시냇가에 뽕을 따세

오막살이 우리 집에 해 다 진 데 손님 온다

손님이야 오소마는 저녁거리 걱정이오

조랑조랑 우리 동생 조랑 머리 땋아 주마
산뽕을랑 따나 따나 색댕기는 잃지 마라

언덕 위에 뽕잎 피니 누에야 좋으련만
앞뒷들에 흉년 들어 무얼 먹고 산단 말고

뽕 따는 노래 2

뽕 따러 가세 뽕 따러 가세
이산 저산 넘어서 뽕을 따러 가세

언덕엔 꽃이요 바람은 살랑
산새들은 우짖고 가랑비는 멎네

앞마을 연이 뒷마을 순이
손에 손에 손잡고 뽕을 따러 가세

봄 해는 길고 구름은 걷고
오솔길을 오르면 뽕밭이라네

너도야 한 임[1] 나도야 한 임
치마폭에 따 담은 뽕을 이고 오세

---

1) 머리 위에 인 물건, 또는 머리에 일 수 있을 정도의 짐.

뽕 따는 노래 3

옆집에 옥이네 동무하여 뽕 따러 가세
대도당 대도당실로 대도당 당산 머리로 뽕 따러 가세

옆집에 출이네 동무하여 나물 가세
대도당 대도당실로 대도당 당산 머리로 나물 가세

뽕도나 따고 나물도 하여 가지고
대도당 대도당실로 대도당 당산 머리로 놀러를 가세

누에 노래

봄이 왔네 봄이 왔네
뽕나무 눈아귀[1] 튼다
봄비 따서 애기 누에 주고
갈비[2] 따서 큰누에 주고
뽕도 딸겸 남산 얼음냉수

뽕잎 따서 오갈[3] 만들어
한잠 두잠에 한밥[4] 따서
금년에도 고치 풍년
만석 고치 약산단[5] 된다

---

1) 싹이 터서 나오는 자리.

2) 가랑잎.

3) 무, 호박 따위를 길게 썰어서 말린 것. 식물 잎이 말라서 오글쪼글한 모양.

4) 번데기가 될 때까지 네 잠을 자는 누에가 잠을 깨서 다음 잠을 잘 때까지 갉아먹는 뽕잎.

5) 북녘에서 생산하는 비단의 하나.

나물 노래 1

뒷동산 짓치달아
올라가니 올고사리
내려오니 늦고사리
아금자금 꺾어다가
샛별 같은 저 동솥에
어리실쿰 데쳐내어
앞냇물에 씻어다가
뒷냇물에 헹궈다가
말피 같은 전지령에
앞잔반에 깨소금과
뒷잔반에 호촛가루
오골보골 지져 놓고
사랑에 시아바님
은대야에 세수하고
아침진지 잡수시오
에헤동동 내 며느리
나물이나 좀 잘했나
큰방에 시어마님
놋대야에 세수하고

아적진지 잡수시오
에헤동동 내 며느리
나물이나 좀 잘했나

나물 노래

앞서가는 저 동무야
왕다래끼 중다래끼 차고서
고사리 삽지[1] 꺾으러 가자
음달쪽 양지쪽 고사리 꺾고
음달쪽 양지쪽 삽지 꺾어다
불불 끓는 물에 싹 씻어 내서
은절 놋절 갖추어 놓고
참기름 간장 살살 무쳐
시아버지 상에다 놓아나 볼까

---

1) 삽주. 국화과 여러해살이풀로 어린잎은 먹고, 뿌리는 약으로 쓴다.

나물 노래 2

나물꾼아 나물꾼아
어서어서 나물 가세
나물 칼은 손에 들고
나물바구니는 옆에 끼고
원추리는 꺾어 체금[1] 불고
잎은 뜯어 입에 물고
이산 저산 거닐으니
오는 한량 가는 한량
날만 보고 침 삼키네

---

1) 풀잎으로 부는 피리.

나물 노래 3

고래등 집 우중충
맏딸애기 다북녀야
나물 캐기 안 가려나

둥글둥글 동나물
얼럭얼럭 얼럭치
느실느실 풀고비
울긋불긋 타산고비
둘둘 말아 비늘고비
요리조리 캐어 주마

요리조리 돌따서며
요 핑계 조 핑계 대더니
총각 낭군 무덤에
삼우제 지내러 갔소

나물 노래 4

간뎃집 칠월아 이웃집 옥순아 나물하러 가자
첫닭울이 밥해 먹고 세해울이 길 떠난다

시시당꼴 돌메나리 빛깔 좋은 미록초
돌아보니 도라지 겨뤄보니 겨루지 맡아보니 마타리
드는 칼로 쏙 베다가 끓는 물로 싹 데쳐서
기름사네 집에 가서 기름 사 오고
당추사네 집에 가서 당추 사 오고
마늘사네 집에 가서 마늘 사 오고
깨장사네 집에 가서 깨 사 오고
장사네 집에 가서 장 사 와서
온갖 음식 다 해 놓고 얹어 놓고 걸어 놓고
아부님도 잡숴 보소 어마님도 잡숴 보소
잡수시다 정 싫거든 우리 형제게로 돌리소

나물 타령

시루봉 가서 시루 해 개구[1]
회양골 가서 호양적[2] 지지구
서당골 가서 훈장 데리구
총각골 가서 총각 데리구

소밭골 가서 소를 끌구
독장골 가서 독 사 개구
촛대봉 가서 촛대 개구
납작골 가서 떡 해 신구

싱아 먹고 시집가구
찰냉아 먹고 장개가구
뻐꾹 먹고 후행 가구
소리채 먹고 소리하구

쇠채 먹고 쇠바리 몰구

---

1) 시루를 마련해 가지고.
2) 배추 줄거리로 지진 전.

달래 먹고 다루구
나물 캐러 가자꾸나
나물 캐러 가자꾸나

돌아보니 도라지나물
얼어 보니 삼나물
오불꼬불 사곱뎅이
맡아보니 마타리

뿌얀 것은 아박구이
새파란 것은 소리채
우불꾸불 고사리나물
둥지 이고 둥지나물

이밥 저밥 조밥나물
이 방울 저 방울 쥐방울나물
이만 저만 매나물
이신 저신 신짝나물

이돌 저돌 돌나물
이 뻐꾹 저 뻐꾹 뻐꾹나물
이골 저골 소고비나물
이깨 저깨 깨나물

이 게룩 저 게룩 게룩나물
이 얼개 저 얼개 얼개나물
이달 저달 다래나물
이활 저활 활나물

이산 저산 칠기나물
이쑥 저쑥 기림쑥나물
이 꼬리 저 꼬리 제비꼬리
쪼가리 쪼가리 박주가리

이 가지 저 가지 가지나물
이 소용 저 소용 소용나물
이 멀구 저 멀구 멀구나물
이 홑이불 저 홑이불 홑잎나물

소물 끓여 송구지나물
이밭 저밭 냉이나물
이밭 저밭 콩다데나물
이밭 저밭 팥다데나물
이밭 저밭 달래나물

이 댕기 저 댕기 난초나물
이 드렁 저 드렁 쇠스랑나물
이 기력 저 기력 띵장구나물

이코 저코 코도대나물
이 돼지 저 돼지 돼지나물

이박 저박 바구지나물
이꼴 저꼴 되배지나물
이 해바다 저 해바다 나무제기나물
이강 저강 메나물

이 진퉁 저 진퉁 외메나리
이 언덕 저 언덕 찰냉이나물

나물 타령

칩다 꺾어 고사리
내립다 꺾어 냅사리
어영꾸부정 활나물
미끈매끈 기름나물
돌돌 말아 고비나물
칭칭 감아 감둘레
잡아 뜯어 꽃다지
쏙쏙 뽑아 나생이
어영 저영 말맹이

이개 저개 지치개
진미백승[1] 잣나물
만병통치 삽추나물
향기 만구[2] 시금처
사시장춘 대나물

나물 타령

오불꼬불 고사리
이산 저산 넘나물
쪼개 쪼개 콩나물
이탁 저탁 녹두나물

넘나물 먹고 넘놀아라
깨나물 먹고 꽤놀아라
이태 삼년 꽤놀아라
시집가면 못 논단다

---

1) 매우 맛있다는 뜻.
2) 입 안에 향기가 그득 차다.

나물 타령

더벅더벅 동취나물
이들이들 삽주나물
오불꼬불 고비나물
옹실봉실 고사리나물
맡아보니 마타리나물
돌아보니 도라지나물

장금 먹고 장개가고
싱아 먹고 시집가고
뻐꾹 먹고 후행 가고
찔레 먹고 하님 가고
쇠채 먹고 쇠바리 몰고
달래 먹고 달아난다

미나리 노래 1

이 아이들아 저 아이들아 참메나리 캐러 가자
종달 바구닌 옆에 끼고 갈구랑 호민 둘러메고
깊고 깊고 깊은 논에 참메나리 캐러 가자
왈랑왈랑 끓는 물에 삼박삼박 데나 내서
참기름 간장 치나 마나
아버님도 잡숴 보소 어머님도 잡숴 보소
아버님은 금저까치[1] 어머님은 은저까치

미나리 노래

아강 아강 나물 가자
무슨 나물 가자느냐
앞내 벌에 참미나리
아삭바삭 도려다가
앞냇물에 싹 데쳐서

---

1) 젓가락.

뒷냇물에 흔들어서
어머님은 은반상이요
아버님은 금반싱이요
오라버니 꽃반상이라

미나리 노래

메나린가 개나린가
장미꽃에 벌나린가
이산 저산 넘어가서
돌메나리 뜯어다가
살랑살랑 끓는 물에
아주 삼박 데쳐 내어
단장 쓴장 치나 새나
은제 놋제 거나 새나
나흘나흘 먹어 보자

미나리 노래 2

나물딕아 나물딕아 월사당물 나물딕아
은미나리 하러 가자 은미나리 해다 가서
앞 삼밭에 심었다가 으악주악 조은 뒤에
삼박삼박 질러다가 남강수에 씻고 씻어
기름간장 무쳐 놓고 은잔 놋잔 걸어 놓고
아버님도 집어 보소 어머님도 집어 보소
아버님도 집으시고 어머님도 집거들랑
우리 형제 집어 보세

고사리 노래

올라가는 올꼬사리 내리가는 닐꼬사리
줌줌이 꺾어다가 단단히 묶어다가
바리바리 실어다가 타래타래 엮어다가
앞 기둥에 걸었다가 뒤 기둥에 달았다가
다락같은 동솥 안에 아리살짝 삶아내어
앞도랑에 흔들다 뒷도랑에 헹궈다가
은장도라 드는 칼에 어석어석 썰어내어
아각자각 무쳐내어 열두 접시 갈라 놓고
앵두 같은 팥을 삶아 외씨 같은 전이밥에
우리 아배 오시는가 오늘이나 오시는가
내일이나 오시는가 오시거든 드려 보지

나물 캐는 바구니에

나물 캐는 바구니에 편지 한 장 들었구나
그 편지라 이를라니 긴 한숨이 나는구나

넨들넨들 네 탓이냐 낸들낸들 내 탓이냐
천대 박대 가난살이 피눈물로 적었구나

간다누나 간다누나 타도타관 간다누나
늙은 부모 버려두고 살 수 없어 간다누나

이 바구니 나물 뜯어 부모 봉양 내가 하마
이산 저산 나물 뜯어 보릿고개 내 넘기마

나물 캐러 가다가

나물 캐러 가다가
부모님 무덤에 들러서
네 폭 치마 다 젖도록
울고 나니 석양일세

나물 캐러 가다가
줄뽕나무에 올라가서
동무 생각 하노라고
해 지는 줄 몰랐네

나물 캐러 가다가
산짐승 소리에 놀라서
날 살리라 뛰다가
바구니를 잃었네

산추 노래

산추[1]야 열매는 아기동 다기동 나부리[2] 받아서 곱기도 하다
상상에 가지는 더 잘 익었나 바람만 불어도 허실이 난다

산추를 따다가 기름을 짜서 정든 님 앞에다 불 밝혀 놓고
오는 정 가는 정 엇바꾸다가 세 홰가 울어도 불 못 끄겠네

산추야 나무는 무슨 나문가 길이는 작아도 만 열매 여네
가랑비 시우時雨가 솜솜이 와도 벌어진 입술은 못 다무네

산추는 작아도 맵기나 하지 산그늘 짙어서 맵다던가
산길이 험해서 못 올라가는 산추야 높가지 약 올리네

---

1) 분디. 산초나무 열매로 기름을 만드는 데도 쓰고 약으로도 쓴다.
2) 노을.

동백 노래 1

남해라 안산에 동백꽃은
밤이슬 맞으면 더 곱단다
가자 가자 동백 따러 가자
겸사나 겸사에 동백 따러 가자

병풍산 그 너머 바닷물은
갈매기 한 쌍의 놀이터란다
가자 가자 동백 따러 가자
바다도 바랄 겸 동백 따러 가자

동백꽃 향기는 와 고운고
숫처자 넋이라 저리 곱지
가자 가자 동백 따러 가자
겸사나 겸사에 동백 따러 가자

동백꽃 한 가지 머리에 이고
금강산 팔선녀 마중을 가자
가자 가자 동백 따러 가자
선녀도 만날 겸 동백 따러 가자

동백 노래 2

물새 울고 파도는 치는데
섬 새악시 노랫소리

(후렴) 가세 가세 동백 따러 가세

아침마다 피는 동백꽃을 한 아름 안아다가
저 금강산에 심어 보자 (후렴)

왔네 왔네 때가 왔네
삼천리 이 강산에 때가 왔네 (후렴)

베틀 노래 1

부태[1]라 돋은 양은
서울이라 삼각산에 허리안개 두른 듯고
말코[2]라 차는 양은
하늘에 사는 선녀 애기 도령 팔에 안고
석하산[3]에 노는 듯고
북[4] 나드는 저 기상은
서울이라 금대밭에
금비둘기 알을 낳고 들랑날랑 하는 기상
서울이라 장안 안에 장구 바둑 치는 듯고
잉앗대[5]는 이삼형제 눌림대[6]는 호불애비
매일 장천 술만 먹고 혼자 노는 기상이요
나풀나풀 나부[7]는 백발 시인 술잔 들고 권주하는 기상이요
살금살금 사치마[8]는 서산에도 설찼던고 남산에도 설찼던고

---

1) 부티. 베틀의 말코 두 끝에 끈을 매어 허리에 두르는 넓은 띠.
2) 길쌈할 때 다 짜여진 피륙을 감는 대.
3) 신선들이 논다는 산.
4) 실 꾸러미를 넣은 나무통으로, 날실 사이로 지나가면서 씨실이 풀려나와 피륙이 짜이게 한다.
5) 베틀의 날실을 끌어올리는 잉아를 걸어 두는 대. 주로 두세 개의 나무 막대이다.
6) 베틀에서 잉아 뒤에 있어 날실을 누르는 막대기.
7) 눈썹대. 잉앗대를 끌어올렸다 내렸다 하는 대.

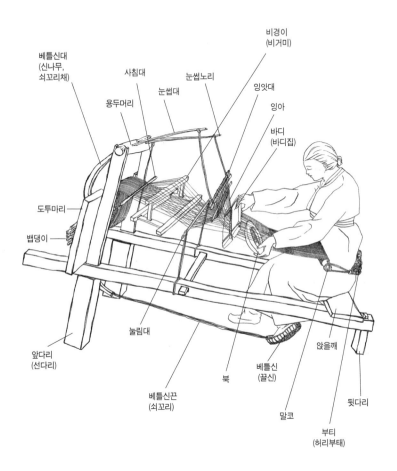

비경이
(비거미)

베틀신대
(신나무,
쇠꼬리채)

사침대

눈썹노리

잉앗대

용두머리

눈썹대

잉아

바디
(바디집)

도투마리

뱁댕이

앞다리
(선다리)

눌림대

베틀신끈
(쇠꼬리)

북

베틀신
(끌신)

앉을깨

뒷다리

말코

부티
(허리부태)

용두머리[9] 우는 소리 구시월 시단풍에 기러기 우는 듯고
도투마리[10] 눕은 양은 칠팔월 콩잎 지는 기상
미신째기[11] 목을 달고 올라가며 항복하고 내려오며 항복하고
콩절사 도투마린 저절쿵 뒤눕고
헙대밥대[12] 지는 양은 이꼴 저꼴 잘도 지네
다 짜냈네 다 짜냈네 금자 한 자 다 짜냈네
앞냇물에 씻거다가 뒷냇물에 헹궈 내어
도들양지[13] 은줄에 사흘 나흘 바래가주
닷새 엿새 푸새하여[14] 일여드레 다듬해서
직령 도포 말라 갖고 시 가시게[15] 썰어 내어
시 당새기 담어가주 시 실경에 얹어 놓고
밀창문을 밀쳐 놓고 앞창문을 반만 열고
저기 가는 저 선비야 우리 선비 안 오던가
오기사 오데마는 칠성판에 실려 오네
원앙침 잣베개는 둘이 베자 하였더니
알숨달숨 무자이불 둘이 덮자 하였더니

---

8) 사침대. 비경이 앞에 있는 막대. 실이 한 번은 사침대 위로, 한 번은 아래로 지나가는데, 실들이
　서로 얽히지 않고 잘 풀려나가도록 해 준다.
9) 베틀 앞다리 위에 얹혀서 눈썹대를 끌어올리고 내리고 하는 굵은 나무.
10) 날실을 감아 두는 넓쩍한 나무판.
11) 베틀신. 베틀신을 신고 당겼다 놓았다 하면서 베틀신대를 움직여 날실의 오르내림을 조절한다.
12) 뱁댕이. 도투마리에 날실을 감을 때 서로 엉키지 말라고 사이사이에 넣어 두는 막대기들.
13) 아침 햇살이 쪼이는 곳.
14) 풀을 먹여.
15) 세 가위. 가위질을 세 번 한다는 뜻.

혼자 덮기 웬일이요 얼매만치 울고 나니
소이 졌네 소이 졌네 베갯머리 소이 졌네
거위 한 쌍 오리 한 쌍 쌍쌍이도 날아드네

베틀 노래 2

바람은 솔솔 부는 날 구름은 둥실 뜨는 날
월궁에 놀던 선녀 옥황님께 죄를 짓고
인간으로 귀양 와서 좌우 산천 둘러보니
하실 일이 전혀 없어 금사 한 필 짜자 하고
월궁으로 짓치달아 달 가운데 계수나무
동편으로 뻗은 가지 은도끼로 찍어내어
앞집이라 김 대목아 뒷집이라 이 대목아
이내 집에 돌아와서 술도 먹고 밥도 먹고
양철 간죽 백통대로 담배 한 대 먹은 후에
베틀 한 채 지어 주게 먹줄로 퉁겨내어
잦은 나무 굽다듬고 굽은 나무 잦다듬어
금대패로 밀어내어 얼른 뚝딱 지어내니
베틀은 좋다마는 베틀 놀 데 전혀 없네
좌우를 둘러보니 옥난간이 비었구나
베틀 놓세 베틀 놓세 옥난간에 베틀 놓세
앞다릴랑 도두 놓고 뒷다릴랑 낮게 놓고
구름에다 잉아 걸고 안개 속에 꾸리 삶아
앉을깨[1]에 앉은 선녀 아미를 숙이시고 나삼[2]을 밟아 차고
부태허리[3] 두른 양은 만첩 산중 높은 봉에 허리안개 두른 듯이

북이라고 나는 양은 청학이 알을 품고 백운간에 나드는 듯
바디집[4] 치는 양은 아양국사 절 질 적에 전못 거는[5] 소리로다
눈썹노리[6] 잠긴 양은 어옹의 낚싯대가 석양천에 잠겼는 듯
사침이[7]라 갈린 양은 칠월이라 칠석날에 견우직녀 갈리는 듯
보결이대[8] 짓치는 양 설운 님을 이별하고 등을 밀어 밀치는 듯
잉앗대는 삼형제요 눌림대는 홀아비라
세모졌다 버기미[9]는 올올이 갈라놓고
가리새[10]라 저는 양은 청룡 황룡이 굽니는 듯
용두머리 우는 양은 새벽 서리 찬바람에
외기러기 짝을 잃고 벗 부르는 소리로다
도투마리 노는 양은 늙으신네 병일런가
앉았으락 누웠으락 절로 굽은 신나무[11]는
헌신짝에 목을 매고 댕겼으락 물렀으락 꼬박꼬박 늙어간다
한낱 두낱 뱁댕이는 도수원의 수가진가[12] 이리 두지고 저리 두지고

---

1) 베 짜는 사람이 앉는 널판.
2) 얇고 가벼운 비단으로 만든 적삼.
3) 부티.
4) 북이 드나들 길을 만들어 주고, 북이 지나가면서 실이 나오면 바디집이 씨실을 쳐서 베를 짠다.
5) 큰 못 박는.
6) 줄이 걸려 있는 눈썹대의 끝 부분.
7) 사침대. 날실을 나눠 주는 구실을 한다. 막대가 두 개인 것도 있다.
8) 다올대. 긴 나무 막대기로, 앉을깨에 앉은 채 다올대로 도투마리를 밀어 넘겨 날실이 풀리도록 한다.
9) 비경이. 날실을 아래위로 갈라놓는 세모지게 만든 도구.
10) 날실의 오르내림을 조절하는 막대기.
11) 베틀신대. 베틀 용두머리 중간에 박아 뒤로 내뻗친 굽은 막대. 이 끝에 베틀신끈이 달려 있다.
12) 산가지인가. 계산하는 데 쓰는 작은 나무개피들.

궁더러꿍 도투마리 정저러꿍 뒤넘어서
장장춘일 봄일기에 명주 분수 짜 내어서
은징도 드는 칼로 으르슬곤 끊어내어
앞냇물에 빨아다가 뒷냇물에 헹궈다가
담장울에 널어 바래 옥 같은 풀을 해서
홍두깨에 옷을 입혀 아당타당 뚜드려서
님의 직령 지어낼 제 금가세로 비어내어
은바늘로 폭을 붙여 은다리미 다려내어
횃대 걸면 먼지 앉고 개어 두면 살 잡히고
방바닥에 던져 노니 조고마한 시누이가 들며 날며 다 밟는다
접척접접 곱게 개어 자개함롱 반닫이에 맵시 있게 넣어 놓고
대문 밖에 내달으며 저기 가는 저 선비님 우리 선비 오시던가
오기야 오데마는 칠성판에 누워 오데
웬 말인가 웬 말인가 칠성판이 웬 말인가
원수로다 원수로다 서울길이 원수로다
서울길이 아니더면 우리 낭군 살았을걸
쌍교 독교 어데 두고 칠성판이 웬일인가
님아 님아 서방님아 무슨 일로 죽었는가
배가 고파 죽었거든 밥을 보고 일어나오
목이 말라 죽었거든 물을 보고 일어나오
님을 그려 죽었거든 나를 보고 일어나오
아강 아강 울지 마라 느 아버지 죽었단다
스물네 명 유대꾼[13]에 상엿소리 웬일인가
저승길이 멀다더니 죽고 나니 저승일세

저승길이 길 같으면 오며 가며 보련마는
저승문이 문 같으면 열고 닫고 보련마는
사장사장 옥사장[14]아 옥문 잠깐 따놔 주오
보고지고 보고지고 우리 낭군 보고지고

---

13) 상두꾼.
14) 옥사정. 옥문을 지키는 사람.

베틀 노래 3

정월하고 십오일에 사월하고 초파일에
관명[1]하는 소년들아 부모 봉양 늦어가네
복동씨는 소를 몰고 이동씨는 밭을 갈아
검으나 검은 땅에 백옥 같은 씨를 던져
황금 같은 누른 싹은 얼른 잠깐 돋아나네
푸르나 푸른 잎은 얼른 잠깐 돋아나네
고우나 고운 꽃은 한일시에 피어나네
함박 같은 송아리[2]는 우렁수렁 하이그려
면화 따는 거동 보게 올려 따고 내려 따네
올려 따면 구관 행차 내려 따면 신관 행차
칭찬 않는 행차 없네
어떻기나 가자는가 울렁출렁 가세그려
무엇에나 가자는가 호당나무 신고 가지
위인의 쇠씨아[3] 갖다 자그랑자그랑 틀어내어
아랫녘 긴 대활에 닥나무 활실 미어

---

1) 달구경이나 등불 구경.
2) 꽃이나 열매가 잘게 모여 달려 있는 덩어리.
3) 목화씨를 빼는 기구.

우두둥퉁탕 타어내어 여기드리 정말등에
봉산 수수깡 웃마디 뚝 꺾어 어슥비슥 말아내어
쇠고동에 놋가락⁴⁾ 꽂고 시 거미줄⁵⁾ 흘려내어
너르나 너른 땅에 서른석 자 활짝 날아
삼사월 긴긴해에 사랑 조풀⁶⁾ 훌쩍 메겨
정적궁 바디집에 응적궁 도투마리
잉앗대는 삼형제요 둥글대는 외외독손
대추나무 쇄여북에 얹어내 마치리
은하수 흐르는 물에 삼세번 마전⁷⁾하여
열세번 헤어다가 송두 땅에 박달 방추⁸⁾
우두둥퉁탕 때려내어 은하수 북백인 가위
어석버석 비어내어 은침 같은 바늘로
잠깐 잇은 듯이 해서 내니 섶이 되어⁹⁾ 못 입갔네

---

4) 놋쇠로 만든 물렛가락.
5) 세 거미줄. 무명실이 가는 거미줄 같다는 뜻.
6) 좁쌀로 쑨 풀.
7) 생피륙을 삶거나 빨아서 볕에 바래는 일.
8) 방망이.
9) 섶이 받아서.

베틀 노래 4

밭을 갈아 씨 던지니 황금 같은 싹이 돋아
외날개 평호미로다가 북돋워주고
다래끼를 옆에 끼고 나가 이것저것 다 아름아름이 따서
여산 수리활로 구름이라 피는 듯이 타서
은가락에 놋으며 바람 바람이 재고 재어
톳톳이 뽑아서 쌍갈래로 흘리 날아 외날개로 홀리매
안개 속엔 베틀을 놓고 구름 속엔 용두머리를 달고
황경나무 북 바디집으로 들고 짱짱 놓고 짱짱
이와 같이 짜서 옥수로 흐르는 물에
희여청청 빨아 옥같이 희게 바래서
물더품 세더품에 올올이 곱게 흐려
옥도끼로 말라서 근침사로 하여서
누구를 줄까 누구를 줄까
우리 형님 남편 주고지고

베틀 노래 5

하늘에다 베틀 놓고 구름 잡아 잉아 걸고
잉앗대는 삼형제요 눈썹노리 두 형제요 눌림대는 독신이라
뱁댕이 소리는 구시월 세단풍에 왕가랑잎 소리 같고
꼭두마리[1] 우는 소리 어미 잃은 기러기가
제 고향 찾아가며 슬피 우는 소리 같고
바디집 치는 소리 봉황이 제짝 잃고 우지짖는 소리 같고
후영 굽은 최활[2]은 서천에 무지개 같고
암방담방 조절새[3]는 남쪽으로 나섰는 듯 북쪽으로 나섰는 듯
밀대 막대 드문드문 뒷고방에 드나든다

---

1) 용두머리.
2) 베를 짤 때 폭이 좁아지지 않도록 다 짜여진 베의 양 끝을 잡아 주는, 활처럼 굽은 나무.
3) 날실들 사이로 드나드는 북.

베틀 노래 6

짤꿍짤꿍 짤꿍짤꿍 베틀 다리는 두 다린데
잉앗대는 삼형제 눌림대는 독형제
황경나무 북 바디집은 이팔청춘을 안고만 도네
짤꿍짤꿍 짤꿍짤꿍 올려만 줘도 소리만 나네
가고 오는 목동들은 가다 오다 머뭇머뭇
석자세치 쇠꼬리[1]는 큰애기 발끝에서 반춤만 추네

---

1) 쇠꼬리채. 베틀신대.

베틀 노래 7

하늘 중천에 베틀 놓고 구름 잡아 잉아 걸고
대추나무 도리북에 정자나무 바디집에
황경나무 쇠꼬리에 이쁜이가 짝을 잃고
베틀다리 네 다리에 앉을깨는 도두 놓고
서서 짜나 앉아 짜나 소문 없이 잘도 짜네

그 베 짜서 뭐 할란가
우리 오빠 장가갈 제 가마뚜껑 둘러 주지
그 남저지 뭐 할란가
우리 형님 시집갈 때 가마 호랑 둘러 주지
그 남저지 뭐 할란가
이내 적삼 말랐더니 섶도 없고 깃도 없네
바늘만은 있건마는 실이 없어 못 하겠네

베틀 노래 8

오늘 날은 해 심심하다
내일 날은 달 심심하다
베틀 노래나 불렁근 가자
하늘에강 잉애를 걸멍
잉애 자리는 삼형제여
베틀 다리는 사형제여
소나무 강판에 앉을깨 허니
비바리[1] 궁둥이 다 돌아진다
육날신을 끄신 듯하니
비바리 발톨이 다 돌아진다
복저남의 복바디집에
비바리 손질이 다 돌아진다

---

1) 처녀.

베틀 타령

오늘 저녁에 하 심심하니
베틀걸이나 걸어 보세
잉앗대는 삼형젠데
눌림대는 독신이요
스르르 슬쩍 베거리야
잘 짜든지 못 짜든지
바디질 소리만 철저히 내자
끊어진 오리는 다 제쳐 놓고
바디질 소리만 철저히 내자
황경나무 북 바디 소리
바디질 소리만 철저히 내자
누님 누님 그 말씀 마소
절구질쌈이 하 좋다 하면
손수건 한 감이 보인 적 있나
오라바이 오라바이 그 말씀 마소
글씨 문장이 하 좋다 하면
편지 한 장이 보인 적 있나
신발을 둘쳐 신고
이 정승의 마당으로

어슷비슷 걸어가니
이 정승의 맏딸이
밀창 들창 열고 보니
앞으로 보면은 한량 걸음
허리는 세 발 허리 상투는 세 뼘 상투
오셨다가 가시는 길에
점심이나 짓고 가세
그 말이 어려워서
열두 아궁에 재 긁어내고
아홉 섶에 불 살라 넣고
저 뒷동산에 올라가서
모기 한 쌍을 잡아다가
열두 상에다 다 널어놓고
갈비 한 쌍이 남았네

물레야 돌아라 1

(후렴) 아이고 데이고 홍 큰 성화 났구나

물레야 돌아라 가락아 싸라라
시부모 알면은 꾸중을 듣겠다 (후렴)

동지섣달 긴긴밤인데
계명산천이 다 밝아오누나 (후렴)

물렛가락아 애꿎이 말아라
네 울음소리에 내 설움 솟누나 (후렴)

초승 반월은 서산을 넘는데
두견새 접동은 구슬피 우누나 (후렴)

물레바퀴 내 설움 감아서
우리 님 만나면 다 풀어 볼까나 (후렴)

물레야 돌아라 2

물레야 돌아라 홍 팽팽 돌아라 홍
시어머니 오면은 매 맞겠구나

물레야 돌아라 홍 베갑사 댕기는 홍
총각 낭군 죽는데 대몽상[1] 감아라

물레야 물레야 홍 방거[2] 물레야 홍
은실같이만 뽑다나 보잔다

---

1) 몽상은 부모상을 당하고 상복을 입는 것을 말한다.
2) 물레.

칠월 길쌈 하여 보세

천상에 직녀야 옥경 황제 따님으로
일생이 한가하여 할 일이 바이없다
문 앞에 별똥밭에 목화나 주워 볼까
시에[1]를 털자 하니 벼락 소리 귀 아프고
물렛살 앞에 놓으니 세상 정신 다 돌린다
궁박한 살림살이 베틀을 올리려고 월궁에 기별하여
계수 서편 한 가지를 동방 항아 부탁하여
부상목[2] 끝대목을 오강자 드는 도끼
목수 같은 선관 불러 손에 맞게 당부하고
칩도 덥도 아니 하여 칠월 길쌈 하여 보세

---

1) 씨아. 목화 씨 빼는 기구.
2) 부상은 하늘에 있다는 상서로운 뽕나무.

이내 물레 우는 소리

이내 눈에 오는 잠은
연에 담아[1] 이고재라
동무 눈에 오는 잠은
고리 없는 대추낡에
저리 공중 걸고재라
듣고재라 듣고재라
이내 물레 우는 소리
구월 구일 국화밭에
참벌[2]이도 우는 듯다
동무 물레 우는 소리
설수에라 띠갱이에
돌문둥이 우는 듯다

---

1) 연잎에 담아서.
2) 꿀벌.

물레씨가 병이 났네

물레씨가 병이 났네
괴머리는 요동하고
줄로 줄로 내린 병이
청보에 쌀을 싸서
황각골에 점해다가
김천장 길이 달아[1]
참깨 한 되 팔아다가
그 기름 짜 가지고
참깨국을 바르니까
쩍각하며 돌아가네

---

1) 김천 시장으로 곧장 달려가.

삼 삼기 노래 1

영해 영덕 긴 삼가리 진보 청송[1] 관솔가지
우리 아배 관솔 패고 우리 올배 관솔 놓고
이내 나는 비비치고 우리 형님 나리치고
밤새도록 삼고 나니
열 손가락 반을 축여 닷 손가리 반 남았네
행수별감 얼삼촌에 너 이기나 나 이기지

달은 벌써 다 졌는데 닭은 어이 또 우는가
잔말 많은 시어머니 이내 잠을 또 깨우네
진보 청송 긴 삼가리 영해 영덕 관솔가지
너캉 나캉 웬 정 많아 아침부터 따라드노
새벽 길쌈 즐기는 년 사발옷[2]만 입더란다

미수가리[3] 걸머지고 산양장[4]을 건너가니
산양놈의 인심 봐라 오돈 오푼 받으란다

---

1) 영해, 영덕, 진보, 청송은 경상도의 고을 이름.
2) 가랑이가 무릎 아래까지 내려오는 짧은 여자 바지.
3) 잘못 삼은 삼을 모아 묶어 놓은 삼 꼭지.
4) 경상도 문경에 있는 장 이름.

오륙칠월 짜른 밤에 단잠을랑 다 못 자고
이삼 저삼 삼을 적에 두 무릎이 다 썩었네

삼 삼기 노래

미수가리 걸머지고 삼가래는 머리 이고
산양장에 들어서니 사람사태 하도 하다
그러크럼 많은 사람 내 삼 사는 사람 없네

이 삼가래 벗길 적에 열 손톱이 다 달았소
이 삼가래 삼을 적에 육신이 잦아졌소
오뉴월의 짜른 밤을 관솔 앞에 새우면서
어린아이 젖 못 주고 우는 아이 밥 못 췄소

저녁에 지핀 관솔 그 불 붙여 아침할 제
전지대[1] 밀쳐놓고 허리 굽혀 물 길을 제
꾸벅꾸벅 잠이 와서 맨땅에도 앉고재라
이 삼 삼아 누 줄라꼬 산양장에 가져왔노
팔자 하니 한숨이요 안 팔자니 눈물일세

---

1) 삼을 삼을 때 무릎 앞에 삼을 걸어 놓는 막대기.

삼 삼기 노래 2

이 삼가래 왜 이리도
주리주리 엉켜 있노
말썽 많은 이내 신세
닮니라꼬 엉켜 있나

이 삼가래 왜 이리도
타발타발 못 자랐노
굶어 사는 우리 애기
닮니라꼬 못 자랐나

이 삼가래 왜 이리도
검고 희고 겉푸르노
이내 입은 몽당치마
닮니라꼬 겉푸르나

삼 삼기 노래 3

장원이야 장원이야
팔만 도장원이야
건네 전지 제쳐 놓고
한데 못 본 내 장원이야
장 좋군 장원이야
손 재세[1] 손 재세
전지마닥 손 재세
짧은 밤에 긴 삼 삼세

삼 삼기 노래

우리 전지 매초리 전지[1]
건네 전지는 쑤새 전지

---

1) 손을 빨리 놀리세.

1) 매초리 전지는 삼이 규모 있게 잘 걸려 있는 전지라는 말이며, 쑤새 전지는 삼이 수세미처럼 흐트
러져 있는 전지라는 말.

장한이세[2] 장한이세

우리 전지 장한할 때

건네 전지 잠잤던가

우리 어매는 날 키울라 말고

칠월 삼베나 낳았으면

몽당치마나 면할 것을

2) 장원일세.

삼 삼이 타령

동산 위에 밝은 달 보름달이 솟는데
동네방네 처녀들 삼 삼이 놀이나 가자
음음음음음음

고비 고비 풀어서 갈기갈기 찢어서
동지나 섣달 긴긴밤에 삼고나 삼고 또 삼아 보자
음음음음음음

요새 삼은 아홉 새 열두 새 놓았다가
농 속에 깊이 두었다가 그 어느 님께 드리려나
음음음음음음

앞집 처녀 좀 보소 삼 삼이 거동 좀 보소
요 뒷집 총각의 생각에 저 혼자 성수가 났네
음음음음음음

비단 짜는 노래

아가들아 문 열어라
비단 짜는 구경 가자
들고 짜면 대단이요
놓고 짜면 공단이라

놓고 짜고 들고 짜고
이건 짜서 무엇할꼬
우리 오빠 장가갈 제
도포 받침 해 주겠네

이 바느질 안 하면은

가위야 가위야 헌 가위야
너 왜 그리 아니 먹니
오늘 밤이 새기 전에
이 바느질 안 하면은
이내 눈에 눈물 나고
아이 입에 울음 난다

바늘아 바늘아 세 바늘아
너 왜 그리 휘어드니
새벽닭이 울기 전에
이 바느질 안 하면은
이내 눈에 피가 나고
아기 눈에 눈물 난다

열 손가락 피 나도록

긴긴밤이 다 새도록 열 손가락 피 나도록
호롱불이 가물도록 바느질을 하였습네

밤새도록 기운 옷이 날이 새니 헌 누더기
이 옷 입고 우리 낭군 서울 천 리 길 떠나네

여보 여보 서울 가서 바늘 한 쌈 사 오시소
앞뒤 밭에 무명 심어 보름새[1]를 낳아 줄게

바늘이사 사지마는 보름새야 놓지마는
반달같이 지은 옷이 우리 몫에 오겠는가

이내 팔자 무삼 죄로 밤낮 주야 옷을 해도
이내 몸엔 사발치마[2] 님의 몸엔 누더길세

---

1) 날실을 열다섯 새로 짠 천. 올이 가는 고운 베나 모시를 말한다.
2) 몽당치마.

어허둥둥
내 사랑이야

붉고 푸른 모메꽃은 길섶에서 피어나고
그 꽃 저 꽃 다 버리고 이리 궁글 저리 궁글
꽃 중에도 좋은 꽃은 방중에 피어 있네
어허둥둥 내 사랑아 어허둥둥 내 꽃이야

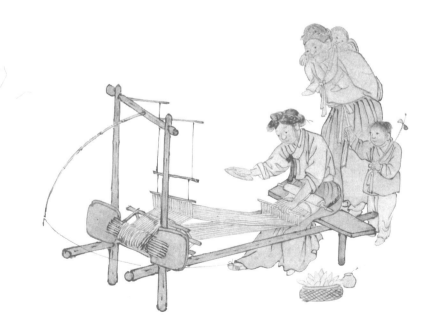

사랑가 1

너는 죽어 명사십리 해당화가 되고 나는 죽어 나비 되어
나는 네 꽃송이 물고 너는 내 수염 물고
춘풍이 건듯 불거든 너울너울 춤을 추고 놀아 보자
사랑 사랑 내 사랑이야 내 간간이 사랑이지
이리 보아도 내 사랑 저리 보아도 내 사랑
이 모두 내 사랑 같으면 사랑 걸려 살 수 있나

어화둥둥 내 사랑 내 예뻐 내 사랑이야
방긋방긋 웃는 것은 화중왕 모란화가
하룻밤 세우 뒤에 반만 피고자 한 듯
아무리 보아도 내 사랑 내 간간이로구나

사랑가

너는 죽어 회양김성 들어가서 오리목이 되고
나는 삼사월 칡덩굴이 되어
밑에서 끝까지 끝에서 밑까지

나무 끝끝드리 휘휘친친 감겨 있어
일생 풀리지 말자꾸나

사랑가

너는 죽어서 인경이 되고
나는 죽어서 마치가 되어
저녁은 삼십삼천三十三天
새벽은 이십팔수二十八宿로 응하여[1]
남 듣기는 인경 소리로되
우리 둘은 춘하추동 사시장천
떠나지를 말자꾸나

---

1) 인경을 저녁에는 서른세 번, 새벽에는 스물여덟 번 쳤다.

사랑가 2

사랑 사랑이야

산악같이 높은 사랑 하해같이 깊은 사랑

남창 북창 노적같이 다물다물 쌓인 사랑

은하 직녀 직금織金같이 올올이 맺힌 사랑

목단화 송이같이 펑퍼져 벌린 사랑

세세 곡선 닻줄같이 타래타래 꼬인 사랑

내가 만일 없었더면

풍류남자 우리 낭군 황황黃凰 없는 봉봉鳳 되고

님을 만일 못 보면

군자호구君子好逑[1] 이내 신세 원鴛 잃은 앙鴦이로다

기러기가 물을 보고 꽃이 나비 만났으니

웅비종자요림간雄飛從雌繞林間[2] 좋을씨고 좋을씨고

동방화촉 무엇 하게 백일행락 더욱 좋이

황금 옥 내사 싫다 청석관[3]이 신방이네

■ '가루지기 타령' 중 옹녀와 강쇠가 만나는 대목이다.
1) 군자의 좋은 배필.
2) 남녀가 서로 따른다.
3) 가루지기 타령 중 옹녀와 강쇠가 만나 혼례를 치루는 개성 근방의 길 이름.

사랑가 3

부르시소 부르시소 노래 한 쌍 부르시소
무슨 노래 불러 볼꼬
구월 구월 국화 노래 부르시소
해정하다 함박꽃은 저녁 이슬 피어나고
채정하다 미나리는 구렁논에 피어나고
붉고 푸른 모메꽃[1]은 길섶에서 피어나고
그꽃 저꽃 다 버리고 이리 궁글 저리 궁글
꽃 중에도 좋은 꽃은 방중에 피어 있네
어허 둥둥 내 사랑아 어허 둥둥 내 꽃이야

---

1) 메꽃.

사랑가 4

수박같이 둥근 사랑
참외같이 달게 삭여
박속같이 맑은 정이
앵도같이 붉게 익어
석류같이 멋이 있게
백년해로를 하자꾸나 응
백년해로를 하자꾸나

벋¹⁾과 같이 쓴 살림도
홍시같이 달게 삭여
포도같이 토실토실
호박같이 살이 지고
오이같이 순한 정이
백년해로를 하자꾸나 응
백년해로를 하자꾸나

---

1) 염전에서 쓰는 소금 굽는 가마.

복사같이 푸른 청춘
대추같이 주름 돋아
호두같이 굳은 맹세
잣과 같이 변치 않고
참외같이 귀여웁게
백년해로를 하자꾸나 응
백년해로를 하자꾸나

사랑나무에 사랑꽃 피더니

사랑나무에 사랑꽃 피더니
사랑잎 그늘에 사랑이 열렸네

그 열매 따다가 누구를 줄거나
언니야 오라배 너 둘이 가져라

님의 고름에 놀고지고

은장도라 칼이 되어
님의 고름에 놀고지고
은저 놋저 수저 되어
님의 상에 놀고지고

샘 위에 오동을 심어

샘 위에 오동을 심어
오동 위에 학 앉았네
학은 점점 젊어오고
님은 점점 늙어간다

남산 청초는 젊어가고

남산 청초는 더 젊어가고
우리 님 왜 저리 늙어만 가오

철쭉꽃이 곱다 해도

철쭉꽃이 곱다 해도 춘절 일시春節—時 그뿐이요
님의 얼굴 곱다 해도 젊은 시절 그뿐이다

뽕 따러 가는 처녀

붉은 댕기 반물치마
삼단 같은 머리채로
뽕 따러 가는 처녀
걸음씨가 왜 그렇소

여보 여보 그 말 마오
한번 실수 왜 없겠소
뭇사람이 바라보면
그럴 때도 있답니다

머리 밑에 감춘 댕기

머리 밑에 감춘 댕기
끝만 발쏨 내다보네
양단인가 대단인가
그 댕기 나를 주오

고운 댕기 반만 잘라
인모망건[1] 뒤를 싸서
망건당줄[2] 쥐어 쓰고
처녀 집에 장가감세

---

1) 사람 머리털로 앞을 뜬 망건.
2) 망건에 달아 상투에 동여매는 줄.

밭머리에 저 큰애기

머리 머리 밭머리에
동부 따는 저 큰애기
머리끝에 드린 댕기
공단인가 법단인가

공단이면 무얼 하고
법단이면 무얼 하오
서산 위에 해 지는데
갈 길이나 어서 가소

남 도령과 서 처자

서문 밖에 서 처자야
남문 밖에 남 도령아
나물하러 가자스라
서 처자 신 서 푼 주고
남 도령 신 두 푼 주고
첫닭 울어 밥해 먹고
세 홰 울어 집 떠난다

바람 분다 골로 가세
비가 온다 재로 가세
올라가면 올고사리
이산 저산 번개나물
머리끝에 동곳나물
뱅뱅 도는 돌개나물
쭐기 좋은 미역초
맛 좋은 곤두소리
보기 좋은 호무치
바위 사이 더덕나물
니리가면 닐고사리

그럭저럭 해가 지고
시북모에 귀를 맞춰
물 좋은 약물내기
점심 요기 하고 가세
서 처자 밥 재쳐 보니
팔월 보름 햅쌀밥에
서 처자 찬 재쳐 보니
삼 년 묵은 더덕지요
남 도령 밥 재쳐 보니
오뉴월 보리밥에
남 도령 찬 재쳐 보니
삼 년 묵은 고린장을
남 도령 밥 서 처자 먹고
서 처자 밥 남 도령 먹고

꽃 같은 처녀가 꽃밭을 매는데

꽃 같은 처녀가 꽃밭을 매는데
달 같은 총각이 내 손목 잡네

야 이 총각아 내 손목 놓아라
범 같은 우리 오빠 망 보고 있다

야 이 처녀야 그 말 마라
범 같은 네 오빠 내 처남이다

총각 도령 병이 나서

총각 도령 병이 나서
자리 위에 누워 있네
고운 처녀 순검이가
청실배를 깎아 주니
맛도 좋고 연약한 배
총각 병이 다 나았네

총각 먹던 청실배는

총각 먹던 청실배는
맛도 좋고 연약하네
처자들이 짜는 베는
소리 좋고 연약하네

저 건너 저 집에

저 건너 저 집에
울도 담도 없는 집에
처자 한 쌍 넘나든다
철낚시로 낚아 낼까
돌물레로 자사 낼까
능사 상사[1] 고를 맺어
풀리도록 살아 보세

---

1) 좋은 일 궂은 일.

침자질하는 저 큰애기

열창문을 반만 열고
침자질[1]하는 저 큰애기
침자질도 좋거니와
고개만 살곰 들어 봐라

침자질하는 저 처자야

객사청 높은 집에
침자질하는 저 처자야
침자질랑 제쳐 두고
머리나 담상 들어 보게

---

1) 바느질.

추천하는 저 큰애기

객사 청청 버들 속에

추천하는 저 큰아가

추천줄랑 잠시 놓고

정든 나를 살곰 보게

청사초롱 불 밝혀라

청사초롱 불 밝혀라
님의 방에 놀러 가자

님이 나를 기다리니
달이 진들 안 갈쏘냐

청사초롱

청사초롱 밝은 불이
님의 방에 걸렸으니
달 아래 꽃송인가
님의 얼굴 더욱 곱네

홍갑사댕기만 곱다더냐

홍갑사댕기만 곱다더냐
처녀의 마음은 더 곱다네
실안개 감도는 버들 숲에
이제나저제나 기다리네

홍갑사댕기만 곱다더냐
처녀의 솜씨는 더 곱다네
염낭 줌치[1]에 수실끈 달아
청실홍실로 수놓았다네

---

1) 두루주머니. 허리에 차는 작은 주머니.

처녀 온다 처녀 온다

처녀 온다 처녀 온다
어디 처녀가 저리 오나

숙인 머리 잠깐 들면
반달눈썹 보이련만
긴 치마 조촘 들면
외씨보선 보이련만
묻는 말 대답하면
목소리도 들리련만

고운 처녀 가는 길은

푸릇푸릇 풀밭으로
반달같이 떠서 가네
고운 처녀 가는 길은
길목마다 향내 나네

처녀 눈썹은 초승달

처녀의 눈썹은 초승달 같소
초사흘 달님이 얼마나 곱소

처녀의 목소리는 방울새 같소
방울새 울음이 얼마나 곱소

처녀의 몸매는 나리꽃 같소
나리꽃 송이가 얼마나 곱소

남의 종이 아니더면

남의 종이 아니더면
이내 처를 삼을 것을

아따 총각 그 말 마라
남의 종도 속량¹⁾하면
백성 되기 아주 쉽다

---

1) 노비가 돈을 바치고 양민이 되는 것.

대동강 풀리고

우수 경칩에
대동강 풀리고
정든 님 말씀에
요내 가슴 풀리네

목화 따는 처자야

사래 길고 장찬밭에 목화 따는 저 처자야
네 집을랑 어데 두고 해 가는 줄 왜 모르나

길이나 갈자새지[1] 내 집 알아 뭣 할쏜고
내 집을 알려거든
은동 걸어 놋동 걸어 자주동동 연화 걸어
안개밭 들이달아 구름 속이 내 집이라
내 집을 알았으니 선비 집 어디 있소

내 집을 알려거든
은동 걸어 놋동 걸어 자주동동 연화 걸어
잔솔밭이 내 집이라

---

1) 갈 것이지.

당파 캐는 저 큰애기

뒷밭에라 당파 심거
당파 캐는 저 큰애기
머리 좋고 키도 크다
비녀 줄게 나랑 살자

비녀 댕기 열닷 냥에
요내 몸을 잡힐쏘냐

상추 씻는 처자야

녹수청산 흐르는 물에
상추 씻는 저 처자야

상추 잎은 누굴 주려고
치마폭에 감추느냐

상추 잎은 남을 주어도
마음일랑은 나를 주게

배추 씻는 큰애기

배추 씻는 저 큰애기
겉잎 떡잎 다 버리고
속개끼를 나를 주소

언제 봤던 당신이라
속개끼를 달라 하오

뽕 따는 처녀야

알곰삼삼 고운 처녀
하얀 고개 넘나든다
오면 가면 빛만 보고
군자 간장 다 녹인다

머리 좋고 실한 처녀
울뽕 낡에 앉아 운다
울뽕 줄뽕 내 따 줌세
맹지 득자[1] 나를 주소

---

1) 명주로 만든 겉옷.

나락 베는 저 처녀야

이화리라 나락논에
나락 베는 저 처녀야
보라고 던진 돌을
맞으라고 던졌든가
훌쩍훌쩍 우는 소리
대장부 간장 다 녹인다

죽순도 나무련마는

죽순도 나무련마는
마디마디 곱기도 하다
겉잎을 버려두고
속이속을 잘라내어
쟁반에 담고 보니
송죽 같은 님의 마음
이같이 고우신 님을
고목등걸로 보더란 말이냐

미나리밭에서 댕기꼬리 걷으니

어느 님 공경을 하자고
미나리는 캐느냐
미나리 캐는 손맵시에
간장이 살살 녹는다

미나리 밭에 가서는
댕기꼬리를 걷으니
백옥 같은 귀밑이
반달같이만 뵈이누나

미나리 개나리 오려 도려

미나리요 개나리요
이 나리를 오려 도려
어따가서 담을까나
종다래끼 반다래끼
가득가득 오려 담지

미나리요 개나리는
오려 도려 다래끼에
가득가득 담지만은
널과 좋은 요내 마음
어따 가서 도려 담나

선아 선아 꼭두선아

선아 선아 꼭두선아[1]
네 빛깔이 그리 붉어
다홍치마 입고 보니
님이 볼까 부끄럽다

네가 그리 붉은 뜻은
봄비 맞아 그렇지만
내 얼굴이 붉은 뜻은
님 부끄러 그렇단다

---

1) 노란 꽃이 피는 덩굴풀. 뿌리를 염색 재료로 쓰는데 붉은 빛깔이 난다.

황새봉에 그네 매어

저 건너 황새봉에
청실홍실 그네 매어
님과 날과 울러 뛰어
떨어질까 염려로다

은실 금실 갈라 쥐고

은실 금실 오색 당실
두 손에다 갈라 쥐고
달두 달두 밝은 빛을
고이고이 잡아매어
너구 나구 자는 방에
대롱대롱 달아 놓세

대롱대롱 바람 불 제
밝은 달빛 춤을 추고
은실 금실 엉키어서
오색 무늬 곱게 놓아
너구 나구 머리맡에
무지개가 어리었네

님 행여 오시는가

부령 청진 가신 낭군은 돈벌이 가고
공동 묘지 가신 낭군은 영이별일세
에

산이 좋아서 바라보느냐
정든 님 계셔서 바라보느냐
에

빗길 같은 두 손을 이마에 얹고
님 행여 오시는가 바라를 본다
에

총각아 총각아

총각아 총각아 손목 놓게
길상사[1] 겹저고리 등 갈라진다

길상사 저고리 등 갈라지면
애미사 끊어서 등 받아 주마

---

1) 길상사와 애미사 모두 생견으로 짠 비단.

저 달은 하나라도

저 달은 하나라도
조선 팔도 다 보는데
요내 눈은 둘이라도
님 하나밖에 못 봅네다

삼가 합천 고분 처자

원의 자식 원 자랑 마라
장자[1] 자식 돈 자랑 마라
삼가 합천 고분 처자
곤골로만 내려오며
이 총각만 좋아한다

---

1) 부자.

별 돋았네 별 돋았네

별 돋았네 별 돋았네
전에 없던 별도 많네
앞집 동무 뒷집 동무
별 구경하러 간다
님이 와서 기다리면
그 아니나 반가할까
반가하는 그중에야
사랑인들 오죽하리

이 가슴 붙는 불은

아서라 말어라 네 그리 말어라
대장부 가슴을 요리도 몰라주니
장안에 붙는 불 한강수로나 끄지
이 가슴 붙는 불 너 아니면 못 끄는구나

약산의 진달래

약산의 진달래 떨으지 말아라
청춘의 연분이 아아 너뿐만 아니라 아아

청산의 백구야 날지를 말아라
창망한 바다가 너무나 끓는다

복사꽃 살구꽃 물오른 꽃봉오리
봄바람 불면은 해쭉 웃는다

열두 폭 치마에 감추인 봄노래
봄바람 잡고서 통사정 하누나

네 없어서 내 못 사니

고래등 같은 기와집에
쳐다보니 소라 반자
내려다보니 은하 장판
홍공단 이불 펼쳐 놓고
원앙금침 겹베개에
너와 나와 마주 베자

인간 세상 만사 중에
연분같이 연연할까
네 없어서 내 못 사니
내 없으면 네 살겠나
살다 살다 못다 살면
죽어 저승 함께 가자

어제 오신 새신랑은

어제 오신 새신랑은
마상 바람 곤하기로
잠만 자러 왔겠는가
명문기 한삼 소매
반만 들고 나를 보소

동산에 달이 뜨고
베갯머리 별이 뜨니
만단설화 다 하다가
닭 우는 줄 몰랐구나
닭아 닭아 우지 마라
니가 무슨 철부지로
오늘 밤사 일찍 우노
니가 울어 날 밝는다

여보소 이 안해야
오늘 밤만 밤일런가
만리성을 쌓을건데
오늘 날만 날일런가

정지 문을 반만 열고

앞들 뒷들 너른 들에 온갖 화초 숭상하여
그중에도 고운 꽃을 님의 치장 하여 보세
봉선활량 길을 잡고 외꽃을랑 동을 걸고
가지꽃은 깃을 달고 분꽃을랑 돌띠 매어
아침 이슬 살짝 맞춰 우리 남편 입혀 보세

서울 길로 가시는 님 시골 길로 오시는 님
인간 세상 많은 사람 구름같이 모인 사람
우리 님을 한번 보고 칭찬 아니 할 이 없네

남편 자랑 차마 못 해 정지 문을 반만 열고
웃어 볼까 말아 볼까 야주다가[1] 해가 지네

---

1) 망설이다가.

부부 타령

남남끼리 모였건만 부부같이 유정할까
이집 저집 다 다녀도 우리 집이 제일이요
이방 저방 다 다녀도 우리 방이 제일일세

아침에 보았건만 저녁에도 보고 싶고
못 오실 줄 알면서도 혹시 오나 기다리네

오리 한 쌍 엎어 놓고 귀밑머리 마주 풀어
절 두 번 한 것이 그다지도 지중턴가
진자리 마른자리 애지중지 날 길러서
우리 부모 날 보낼 제 울며불며 하였건만
가장이 제일이라 기둥같이 믿고 사네

갈까부다 갈까부다
님을 따라 갈까부다

천리라도 갈까부다 만리라도 갈까부다
풍우도 쉬어 넘고 해동청 보라매도 쉬어 넘는
고봉정상 동선령 고개라도 님이 와 날 찾으면
나는 발 벗어 손에 들고 나는 아니 쉬어 가제
한양 계신 우리 낭군 날과 같이 기루는가

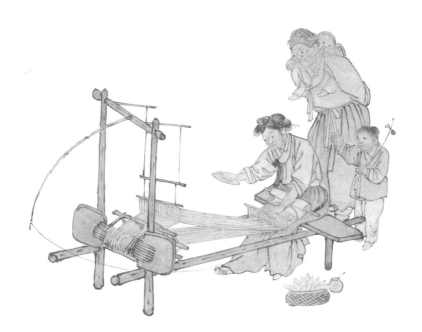

님 오실 나룻가에

님 오실 나룻가에
커다란 나무배
매어나 두었지

세월이 하두 오래라
썩어지고 갈라져
물이 풍풍 솟는구나

나무배가 썩었다고
흙배를 잡아타고
아주 슬슬 풀어졌나

님 그리는 나루터엔
흙무더기만
날에 날로 솟아나네

이 세상 백병 중에

그립다 그립다니 그저 그런 줄 알았더러니
이 세상 백병 중에 가장 아픈 병이 상사병이라

생각에 넋을 태워 천 리를 보내 본들
산 첩첩 수 중중 어느 갈피를 찾을쏜가

장상사長相思 장상사 생각는 게 사랑인가
사랑이 병이 되어 고대 죽고 말겠네

님아 님아 우리 님아

님아 님아 우리 님아 무슨 나가 만해라[1]
무주공산無主空山 홀로 누워
가실 때는 오마하고 오마 말씀 허사로다

산이 높아 못 오시면 풀잎 끝에 싸여 오소
물이 깊어 못 오시면 언덕 밟고 건너 오소
길이 멀어 못 오시면 백두 역말 타고 오소
묵밭엘랑 솔을 심어 재목 되면 오실랑강
연밭엘랑 연을 심어 연밥 따면 오실랑강
이 천지에 만물들은 때를 따라 시를 찾아
철철이도 오건마는 우리 님은 아니 오네

---

1) 무슨 나이가 많다고.

공산야월 두견새는

공산야월 두견새는
제 피를 제가 토해
두견화 가지마다
제 설움을 물을 들여
천산에 꽃비가 오면
울며 날아가더라

야삼경 두견성에
깊이 든 잠이 깨어
피울음 울자 하니
두견화가 없노매라
님이사 우나 안 우나
내 마음을 몰라주랴

이별초

앞 남산 바위틈에
언약초를 심었더니
피는 꽃이 무슨 꽃고
이별초가 만발하네

달아 달아 밝은 달아

달아 달아 밝은 달아
님이 놀던 밝은 달아
님의 소식 알거들랑
안부 한 장 전해 주렴

오늘 저녁 돋는 달은

어젯밤에 놀던 달은
서에 서산에 거누었네[1]
오늘 저녁에 돋는 달은
우리 님 방을 외둘러라

---

1) 걸려서 누워 있네.

달 떠온다

달 떠온다 달 떠온다
달 선방에 달 떠온다
달 서방님 어디 가고
달 떠온 줄 모르는가

저 달은 우리 님 보련만

창밖에 오는 비 소슬도 하더니
비 끝에 돋는 달 유정도 하구나

저 달은 밝아서 우리 님 보련만
이 몸은 옥중의 고혼孤魂이 되누나

요 몹쓸 바람아

바람아 바람아 요 몹쓸 바람아
네가 날과 무슨 웬수냐
옥등 등잔 걸어 놓고
님의 옷을 지을 적에
소매 두 동 다 누비고
깃 누비고 섶 누빌 제
달그닥 달그닥 문 여는 소리
님이 오나 내다를 보니
님도 잠도 아니 오고
네놈의 바람이 날만 속였구나

남해 금산 뜬구름은

남해 금산 뜬구름은
비 실렸나 님 실렸나
님도 비도 아니 싣고
노래 명창 내 실렸네
노래 명창 네 불러라
노래 장단 내 때려 주마

나는 무슨 별꽃이라

꽃 곱다, 옆에 앉아
매만지다 가신 손님
기다리라 하여 놓고
삼석 달을 아니 오네

나는 무슨 별꽃이라
남 질 적에 아니 질까

꽃가지 그늘 아래

꽃가지 그늘 아래
둘이서 다진 맹세
꽃 지고 잎이 지니
자취 없이 사라졌네

내년 봄 돌아오면
꽃이야 피련마는
못다 핀 이내 청춘이
생각사록 괴롭구나

고운 꽃 꺾어 들고

고운 꽃 꺾어 들고
정든 님 찾아가니
님은 간곳없고
달만 가득 밝아 있네

모래 위에 꽃을 꽂고
님 본 듯이 바라볼까
바람결에 흩뿌리고
흔적 없이 가 버릴까

국화는 왜 심어 놓고서

울 밑에 국화는
왜 심어 놓고서
가을 달 밝은데
님은 갔느냐

국화야 국화야
웃지를 말아라
네 꽃의 그늘에
내 마음 어둡다

배고파 지은 밥이

배고파 지은 밥이
돌도 많고 뉘도 많다
돌 많고 뉘 많은 것은
님이 없는 탓이로다

초승달은 반달이라도

초승달은 반달이라도
일만국 기울어 본다
닭은 울어 날이 샌다
내야 울어 어느 날 새리

집에 반초 심으지 마라
반초 앞에 물 지는 소리
없는 낭군 발자취 소리
귀에 쟁쟁 어리어서라

우리 님네 가신 곳이

우리 님네 가신 곳이
몇백 리나 되옵관데
한번 가면 못 오시나
산이 높아 못 오시면
봉봉이 쉬어 오고
물 깊어 못 오시면
배를 타고 오시련만
어찌 그리 못 오시나

장장추야 긴긴밤에

장장추야 긴긴밤에 독수공방 웬 말인가
구년지수 홍수 통에 이내 썩은 가슴 씻어나 볼거나
오월이라 단옷날에 추천 놀이 함께 가자
죽어 이별 잘 생겼지 살아 생이별 난 못 하겠구나

보통문¹⁾아 말 물어보자
인간 이별 만사 중 날 같은 이 또 있는지 말 물어보자

삼층 누각 대동문은 반공중에 솟아 있고
놀기 좋은 연광정은 운무 중에 싸였노라

괄세를 마라 괄세를 마라
불쌍한 나에게 네 괄세 말려무나
날 떨어진다고 네 설워 마라
꽃 떨어지고야 열매가 열린다

---

1) 평양성 서문. 평양에서 북으로 통하는 중요한 관문이다.

에루화 손길만 흔드누나

만경창파 일엽편주
님을 싣고 떠나가네
일락서산 해 지는데
이제 가면 언제 오나
오마는 소식은 안 전해 주고서
에루화 손길만 흔드는구나

무산 십이 높은 봉에
봉봉이 구름이 떠
그 사이에 나는 새가
우리 님의 청조로다
저 새야 내게 와서
편지를 전해 다오
에루화 상사에 나 죽는다네

바다에 흰 돛이 떠가니

바다에 흰 돛이 쌍쌍이 떠가니
외로운 사랑엔 눈물만 겨워라

몽금이 나루에 달빛은 밝은데
오마고 한 님이 무소식이로세

갈 길은 멀고요 행선은 더디니
우리 님 보거든 안부나 전하소

온다고 가신 님 오는 것 봤느냐
연붉은 간장만 녹이지 말아라

귀뚜라미 울어서야

귀뚜라미 울어서야
이내 간장이 다 썩으랴
정든 님이 없어서
의지가지가 없구나

가을바람 소슬하니
님은 정녕 못 오시나
저 달아 본 대로 비춰
답답한 이 심정 풀어 다고

휘늘어진 버들가지
너도 님을 여의었느냐
안개에 눈물 맺혀
밤이슬에 잎이 지네

성황당 뻐꾹새야

성황당 뻐꾹새야
너는 어이 우짖느냐
속 빈 고양낡에
새잎 나라고 우짖노라
새잎 우거지니
속잎이 날까 하네

속잎 나고 겉잎 나고
나무 나무 푸르건만
한번 가신 우리 님은
피어날 길 바이없어
정수 없는 영이별에
구곡간장 미어진다

하늘 같은 가장 몸에

하늘 같은 가장 몸에 큰 산 같은 병이 들어
월자 팔고 죽자 팔아[1] 패독산의 약을 지어
청동화루 백탄 숯에 약탕관을 걸어 놓고
모진 년의 잠이 들어 깜짝 놀라 깨달으니
님의 목숨 간곳없고 약탕관은 벌어졌네

독숙공방 홀로 누워 팔을 베고 누웠으니
흐르나니 눈물이요 자아낼사 한숨이라
누웠으니 잠이 오나 앉았으니 님이 오나

그럭저럭 세월여류 동지섣달 다 보내고
삼월 춘궁 당도하니 산은 높고 골 깊은데
슬피 우는 저 두견은 우리 님의 넋이런가
남을 보면 시침 떼고 날만 보면 슬피 우네

선들선들 부는 바람 우리 님의 숨결인가

---

1) '월자'는 예전에 여자들이 머리숱이 많아 보이려고 덧넣었던 딴머리. 월내, 월자, 달비, 다리라고
   도 한다. '죽자'는 대로 만든 값싼 죽절비녀.

천년 한 애 끊어지고
팔도강산 다 돌아도 우리 님은 못 볼러라

님아 님아 편히 가소

비녀 팔고 달비 팔아 약이라고 지어다가
약탕관을 걸어 놓고 숨 가는 줄 몰랐구나
호천망극[1] 한다 한들 님의 혼백 알 수 있나
선 수박에 칼을 찔러 멋 없이도 여의었네

누웠은들 잠이 오나 앉았은들 님이 오나
잠도 님도 아니 오니 어이하고 살잔 말고

석산에 피는 풀은 해마다 피건마는
가신 님 어이하여 풀같이 못 피는고
무정한 우리 님은 꽃 같은 나를 두고
어이하여 안 오신고 무슨 탓에 안 오신고

들판가에 황혼이니 날 저물어 못 오신가
멀리 뵈는 저 높은 봉 산이 높아 못 오신가
산머리에 흰 눈이니 눈에 막혀 못 오신가
물이 깊어 못 오신가 어이 이리 못 오신가

---

1) 하늘을 부르며 섧게 운다는 뜻.

노중路中에서 부모 만나 부모 봉양 하심인가
아이장 무덤 만나 삼백초 약을 짓나
채금터2) 깊은 골에 금 캐러 가셨는가
오색돌 고이 갈아 장사로 가셨는가
칠년대한 가물음에 은하수께 비시는가
산천가에 빗발 보고 갈모3)씨를 구하시나
어디 가고 못 오신가 가서 다시 아프신가
칼을 쓰고 옥 속에서 허물 없이 우시는가

이 일이야 어인 일고 어인 일로 못 오신고
바람 부는 저문 날에 혼백만이 슬피 우네

높이 운다 바람이야 높아서 웬일이냐
동지섣달 깊은 밤아 깊어 무삼 탓이냐

오소 왜 안 오시오 이 밤에 오소
높은 송림 속에 누워 왜 말이 없소
길이 캄캄하여 사경 지났단들
혼이야 왜 못 오겠소 이 밤에 오소

---

2) 금광.
3) 예전에 비 올 때 갓 위에 덮어쓰던 것.

바람에 쓰러진 나무 비 온다고 일어나며
하늘이 불러 가신 님이 내 운다고 다시 오랴
산골에서 흐른 물이 나시 올 길 바이없고
서쪽 산에 지는 해가 지고 싶어 제가 지나

초로 같은 우리 인생 아니 죽고 어이하리
죽어 오지 않는 이를 뉘라 무슨 탓 잡으리
님아 님아 편히 가소 구름 너머 편히 가소
골육을랑 걱정 말고 혼이나마 편히 가소

님 없는 시집살이

님 없는 시집살이 날개 없는 잠자리
울자 하니 한이 없고 죽자 하니 바이없어
나날이도 짙어 오고 다달이도 고여 오네
님의 무덤 찾아와서 방성통곡 땅을 치나
피눈물이 이슬 되어 설운 꽃을 피울쏜가

첩첩산중 두견화는 봄이라서 피건마는
님의 무덤 송추[1]에는 이슬방울 맺혔구나
그 이슬이 이슬인가 가신 님의 눈물일세

---

1) 무덤가에 서 있는 소나무.

이별가 1

너를 두고 가긴 가나 알 둔 새의 넋이로다
간다 한들 아주 가며 아주 간들 잊을쏘냐

만권시서 불 놓을 때 이별리 자 왜 두었노
이별리 자 불을 놓고 만날봉 자 쓰려무나

님이란 건 왜 이런지 잠들기 전 못 잊겠네
밥을 먹고 잊잤더니 술끝[1]마다 님의 생각
잠을 자고 잊잤더니 꿈결에도 님의 생각
재미없는 세상살이 박넝쿨이나 올려 보세

춘하추동 사시절에 님의 생각뿐이로다
단물을 길어다가 독전에 갖다 놓고
싹 돌아서며 한숨 쉰다

앉았으니 님이 오나 누웠으니 님이 오나
뒷담 속에 귀뚤 소리 사람의 간장 다 녹인다

---

1) 숟가락 끝.

백일청천에 뜬 종다리 요내 속같이도 달떴어라[2]
마당 전에 복덕불[3]은 요내 속같이 속만 탄다

2) 마음이 가라앉지 않고 조금 흥분된 상태.
3) 북덕불. 북데기에 피운 불.

이별가 2

좋이 있거라 좋이 다녀오마
가면 아주 가며 아주 간들 잊을쏘냐
잠 깨어 곁에 없으니 그를 설워하난다

간다고 설워 마오 보내는 내 안도 있소[1]
산 청청 수 중중한데 부한대 편안히 가오[2]
가다가 긴 한숨 나거든 난 줄 아오

---

1) 내 마음도 괴롭소.
2) 푸른 산은 겹겹이 놓여 있고 물도 겹겹인데 부디 편안히 가오.

이별가 3

백 년을 맺은 기약
일장춘몽이 허사로다
설운 것이 이별 자
이한공수 강수장離恨空隨江水長하니[1]
떠날리 자 슬프시고
갱파나삼 문후기更把羅衫問後期하니[2]
이별별 자 또 슬프고
낙양 천리 낭군 거去하니
보낼송 자 애연하다
님 보내고 그리운 정
생각사 자 답답하여
천산만수千山萬水 아득한데
바랄망 자 처량하다
공방적적空房寂寂 추야장秋夜長하니
수심수 자 첩첩하고
첩첩수다疊疊愁多 몽불성夢不成하니

---

1) 이별의 한스러움은 부질없이 긴 강물 따라 끝이 없으니.
2) 비단 소매 잡고 다시 만날 날을 물으니.

탄식탄 자 한심하고
한심 장탄 설운 간장
눈물루 사 가런하다
군불견君不見 상사고相思苦에
병들병 자 설운지고
병이 들며 못 살려니
혼백혼 자 따라갈까
장재복중3) 그린 님
잊을망 자 염려로다
일거一去 낭군 내밀출 자
다시 보자 언제 볼꼬
애고애고 설운지고

---

3) 언제나 가슴속에 있다.

이별가 4

잘 있거라 네 들어라 경성 태생 소년으로
재주 물색 좋단 말을 굳이 듣고 이곳 와서
방춘 연분 널로 하여 세월을 보낼 적에
연연한 네 태도와 청아한 네 노래에
고향 생각 없었더니 애달플사 이별이야
청강녹수 원앙새가 짝을 잃은 격이로다
산고곡심 무인처에[1] 둘이 만나 희롱타가
이별하고 헤어지는 격이로다
이별이야 이별이야 애닲은 이별이야
이별리 자 내던 사람 우리 양인兩人 원수로다
일심 상사 너뿐이니 부디부디 잘 있거라

---

1) 산은 높고 골은 깊어 인적이 없는 곳에.

이별가 5

이별이야 이별이야
이별리 자 내던 사람
날과 백년 원수로다
동삼월 계삼월아
회양도 봉봉 돌아나 보소
살아생전 생이별은
생초목에 불이로다
불 꺼 줄 이 뉘 있습나
가세 가세 놀러 가세
배를 타고 놀러 가세
지두덩기여라
둥게둥둥 덩지로
놀러를 가세

갈까부다

갈까부다 갈까부다 님을 따라 갈까부다
천 리라도 갈까부다 만 리라도 갈까부다
풍우도 쉬어 넘고 날찐 수진 해동청 보라매도 쉬어 넘는
고봉정상[1] 동선령[2] 고개라도 님이 와 날 찾으면
나는 발 벗어 손에 들고 나는 아니 쉬어 가제
한양 계신 우리 낭군 날과 같이 기루는가[3]
무정하여 아조 잊고 이내 사랑 옮겨다가 다른 님을 고이는가[4]

---

1) 높은 봉우리 맨 꼭대기.
2) 황해도에 있는 높은 봉우리.
3) 그리워하는가.
4) 사랑하는가.

석별가

가련한 님 이별이 거년 금년 돈절하다
고운 님 걸어 두고 구정을 잊었도다
그 말이 무삼 말고 가세 가세 나도 가세

나 죽으면 너 못 살리 너 죽으면 나 못 산다
노상 행인 저문 날에 누두樓頭 망연 헛바라고[1]
는실는실 땋은 머리 나의 방에 혼자 지네

다정한 상사목은 덧없이 넘어간다
도화낙일 적막한데 두견 소리 뿐이로다
들어가던 님의 방에 다시 한 번 들어갈까

날아가는 원앙새야 너와 나와 동행하자
노류장화 꺾어 쥐고 뉘를 잡고 희롱할꼬
느실느실 곱게 핀 꽃 나와 너와 섧게 지네

다신령 마천령을 멀다고 쉬었더니

---

1) 누각 위에 올라서서 망연히 바라본다.

모춘 삼월 저문 날에 무정 호접뿐이로다
무내한 말이로다 말자 그 말 하지 말자

바람 불고 눈 뿌릴 때 벗이 없어 더욱 섧다
보경2)을 열고 보니 부용 안색 초췌하다
비빔밥 즐긴 성정 밤에 둘이 먹고지고

사시 광경 다 지내고 서산낙일 단장시斷腸時3)라
소연장추蕭然長秋 빈방 안에 수원수구誰怨誰咎4) 내 팔자야
스스로 먹은 마음 삼춘을 잊을쏘냐

아름답고 고운 태도 어느덧에 늙었구나
오동추야 성근 비에 우는 눈물 끝이 없다
은휘 못 할5) 깊은 수심 아미에 걸려 있네

---

2) 보배로운 거울.
3) 서산에 해 지는 쓸쓸하고 괴로운 때.
4) 누구를 원망하고 누구를 탓하랴.
5) 숨길 수 없는.

천자 풀이

상사하던 우리 낭군 만나 보게 하여 주오
비나이다 하늘 천 흉중의 불이 나니
두 주먹 불끈 쥐고 탕탕 두드려 따 지
약수 삼천 가렸던가 청조 새가 끊였으니[1] 소식조차 가물 현
밤낮으로 병이 되어 골수에 깊이 드니 얼굴조차 누루 황
나며 들며 머리 들고 다만 한숨 즐겨 쉬며 바라보니 집 우
온갖 비단 펼쳐 놓고 금의나상錦衣羅裳 집 주
소맷자락 수품지도 품재도 마침맞다[2] 좁도 않고 넓을 홍
단장거울 열어 놓고 팔자청산[3] 그려 내니 다시 아니 거칠 황
진일난도 공단장[4]의 어여 날 일
반가울사 동녘 하늘의 도두 온다 달 월
보고 싶은 내 사랑 마음에 가득 찰 영
가득한 이 정회 언제 만나 기울 책
속절없는 긴긴밤 촛불로 새울 적의 삼오재등 별 진
독수공방 곱송거리고 새우잠으로 잘 숙

---

1) 푸른 새가 오지 않는다. 즉 소식이 끊어졌다는 말.
2) 소맷자락 길이와 옷의 품도 알맞춤하다.
3) 여인의 고운 눈썹.
4) 긴긴해를 보내기 힘들어 가슴이 미어지는 듯하다.

오매불망하던 님 우연히 꿈에 만나 사양 말고 벌릴 렬

원앙금침 요를 훨훨 펼쳐 베풀 장

찬바람이 솰솰 분다 품 안에 들어라 찰 한

베개가 높으니 내 팔을 베어라 이리 오너라 올 래

마음이 더워지니 방 안에도 화기가 돌아 어의덧시 더울 서

이불을 헤치면서 꿈을 깨어 만져 보니 님이 어디로 갈 왕

언제 올 기약두 없이 엽락오동 가을 추

님이 손수 지은 농사 자연 추수 거둘 수

황국 단풍 다 지나니 육화 분분[5] 겨울 동

정든 님 어서 오소 외갓 의복 감출 장

세월이 여류하니 윤색[6] 조차 불을 윤

관산 원로[7] 바라보니 천이만이 남을 여

이 몸 펼 적 날 지더면 평생소원 이룰 성

춘하추동 다 지나니 송구영신 해 세

안해 박대 못 하나니 대동통편[8] 법 률

---

5) 눈이 펄펄 내린다는 말.

6) 윤달.

7) 산과 물이 가로막고 있는 먼 길.

8) 대전통편, 옛날의 법률 책.

황계사黃鷄詞

일조 낭군 이별 후에 소식조차 돈절하여
자네 일정 못 오던가 무삼 일로 아니 오더냐

이 아이야 말 듣소
황혼 저문 날에 개가 짖어 못 오던가

이 아이야 말 듣소
춘수가 만사택[1]하니 물이 깊어 못하던가

이 아이야 말 듣소
하운이 다기봉[2]하니 산이 높아 못 오던가

한 곳을 들어가니 구운몽의 성진이는
석교 상에서 팔선녀 데리고 희롱한다
지화자 좋을시고

■ 조선 시대 십이 가사의 하나로, '황계 타령'이라고도 한다.
1) 봄물이 못마다 가득 찼다.
2) 여름 구름이 산봉우리처럼 많이 떠 있네.

병풍에 그린 황계 수탉이
두 나래 두덩 치고 짧은 목을 길게 뽑아
사경일점3)에 날 새라고 꼬끼오 울거든 오시려나
긴 목을 에후리어 자네 어이 그리하여 아니 오던고

널랑 죽어서 대강수 되고 날랑 죽어서 돛대선 되어
밤이나 낮이나 낮이나 밤이나
바람 불고 물결치는 대로 어화 둥덩실 떠서 놀자

저 달아 보느냐 님 계신 데
명기明氣를 빌리려문 나도 보게

이 아이야 말 듣소
추월秋月이 양명휘揚明輝하니4) 달이 밝아 못 오던가

어디를 가고서 네 아니 오더냐
지화자 좋을시고

상사별곡

인간 이별 만사 중에 독숙공방 더욱 섧다
상사불견 이내 진정 어느 누가 짐작하리
이렁저렁 흩은 근심 다 풀쳐 두어 두고
자나 깨나 깨나 자나 님 못 보아 가슴 답답
묘한 태도 고운 소리 눈에 암암 귀에 쟁쟁
보고지고 님의 얼굴 듣고지고 님의 말씀
비나이다 비나이다 하느님께 비나이다
진정으로 비는 것은 님을 보기 비나이다
전생차생 무슨 죄로 우리 둘이 생겨나서
님과 나와 한번 만나 이별 말자 군은 언약
천금같이 맺었더니 세상일에 마가 많다
일조 낭군 이별 후에 소식조차 돈절하여
이별이 불이 되어 태우느니 간장이라
눈물이 비가 되면 붙은 불을 끄련마는
한숨이 바람 되어 간장이 더욱 탄다
나며 들며 빈방 안에 남은 한숨 벗이로다
만첩청산 들어간들 어느 낭군 날 찾으리

▪ 조선 시대 십이 가사의 하나. 생이별한 남녀의 애절한 정을 노래하였다.

날개 좋은 학이 되면 날아가서 보련마는
산은 첩첩 천봉이요 물은 중중 소沼이로다
오동추야 밝은 달에 이내 생각 새로워라

단장사斷腸詞

생각 끝에 한숨이오 한숨 끝에 눈물이라
눈물로 지어내니 들어 보소 단장사라
이리하여 날 속이고 저리하여 날 속인다
속이는 이 좋거니와 속는 사람 어떠하리
상사로 말미암아 병들어 누웠으니
모첨茅簷에 우는 새는 종일토록 상사로다
우졸한 규중 처는 흩은 머리 헌 치마에
한 손에 미음 들고 잡수시오 권할 적에
그 경상 가긍하다 이내 병 어이하리
행여 올까 바라더니 반가운 님의 소식
시문柴門에 개 짖으니 풍설에 행인이라
산을 보되 생각이요 물을 보되 생각이라
세월이 무진하니 생각사록 무익이라
모진 의술 철침으로 중환을 찌르는 듯
초경에 이십팔수 오경에 삼십삼천
크나큰 나무 뭉치 종경1)을 치는 듯이

■ 조선 시대 가사로, 님을 그리워하는 애타는 정을 노래했다.
1) 종과 경쇠. 경쇠는 옛날 타악기의 하나.

쾅쾅 치는 이내 간장 철석인들 온전하리
우리 님 상경시上京時에 주야로 바라보게
이내 몸 죽은 후에 서산에도 묻지 말고
석연동 높은 곳에 높직이 묻어 주오
조선祖先의 유세적덕遺世積德[2] 백자천손 하련마는
불초한 이내 몸이 박복한 탓이로다
선영에 풀이 긴들 제초할 이 뉘 있으며
청명 한식 화류시에 잔 드릴 이 전혀 없다
창창자천蒼蒼者天은 하정下情을 감鑑하소서[3]
월로月老 인연 맺은 후에 유자유손有子有孫 하오면은
불효도 면하올렴 연분도 좋으리라
서산에 지는 해는 어이 그리 수이 가나
북망산 누누총에 오느니 백발이라
궂은비 찬바람에 백양이 소슬한데
백발이 그 몇이며 가인이 그 얼만고
왕사往事는 춘몽이오 황분荒墳[4]만 남아 있다
우리도 이 세상에 저와 같이 초로인생
백발이 오기 전에 아니 놀지 못하리라
이 몸이 생기려면 님이 나지 말았거나
님의 몸이 생기려면 내가 나지 말았거나

---

2) 자손에게 물려준, 조상이 쌓아 둔 덕.
3) 저 푸른 하늘은 저를 굽어 살펴 주소서.
4) 헐고 거칠어진 무덤.

공교할손 님과 나와 한세상에 생겨났네
한세상에 생긴 일이 연분인 듯하건마는
그리 어이 그리는고
그립고 답답하니 연분이 원수로다
창천이 뜻을 알아 연분을 맺은 후에
화조월석花朝月夕에 주야 진정 마주 앉아
살뜰히 그리던 일 옛말 삼아 하고지고
내 마음 이러하니 젠들 어이 무심하리
옛말도 끝이 없고 할 말도 무궁하다
중천에 외기러아 소식이나 전하여라

자탄가自歎歌

홀로 섰는 저 국화는 높은 절개 거룩하다

눈 속의 청송은 천고절[1]을 지켰구나

푸른 솔은 날과 같고 누런 국화 낭군같이

슬픈 생각 뿌리나니 눈물이요 적시나니 한숨이라

한숨은 청풍 삼고 눈물은 세우細雨 삼아

청풍이 세우를 몰아다가 불거니 뿌리거니

님의 잠을 깨우고저

견우직녀성은 칠석 상봉 하올 적에

은하수 막혔으되 실기失期한 일[2] 없었건만

우리 낭군 계신 곳에 무삼 물이 막혔는지 소식조차 못 듣는고

살아 이리 기루느니 아주 죽어 잊고지고

차라리 이 몸 죽어 공산의 두견이 되어

이화월백 삼경야에[3] 슬피 울어 낭군 귀에 들리고저

삼춘의 호접 되어 행기무인 두 나래로

춘광을 자랑하여 낭군 옷을 붙고지고

---

1) 천고의 굳은 절개.
2) 기약을 어긴 일.
3) 하얗게 핀 배꽃에 달빛이 환히 비추는 한밤중에.

청천의 명월 되어 밤 당하면 도두 올라
명명히 밝은 빛을 님의 얼굴에 비치고저
이내 간장 썩는 피로 님의 회상 그려 내어
방문 앞에 족자 삼아 걸어 두고 들며 나며 보고지고
수절 정절 절대가인 참혹하게 되었구나
문채 좋은 형산백옥 진토 중에 묻혔는 듯
향기로운 상사초가 잡풀 속에 섞였는 듯
오동 속에 놀던 봉황 형극荊棘 속에 깃들인 듯
답답하고 원통하다 날 살릴 이 뉘 있을까
서울 계신 우리 낭군 벼슬길로 내려와
이렇듯이 죽어갈 제 나를 살려 못 주실까
애고애고 내 일이야

타박타박
타박네야

타박타박 타박네야 너 어드메 울며 가니

내 어머님 몸 둔 곳에 젖 먹으러 울며 간다

산 높아서 못 간단다 물 깊어서 못 간단다

산 높으면 기어 가고 물 깊으면 헤어 가지

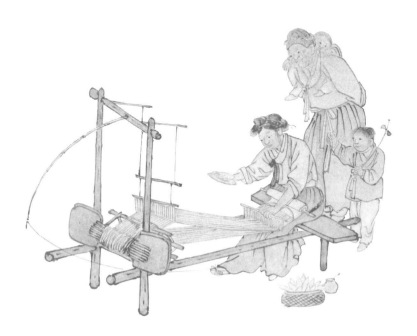

갈 때는 오마더니

갈 때는 오마더니 오마 하고 아니 오네
울 어머니 겉잎이요 이내 나는 속잎이라
속속이도 타는 마음 누가 누가 알아줄꼬

두견을 벗을 삼고 소나무로 울을 삼아
외로이도 지내시는 그 산속이 그리 좋은가

잔디 밑에 누웠으면 해가 뜨나 별이 뜨나
캄캄칠야 그 속에서 우리 생각 잊었는가

갈 때는 오마더니 오마 하고 아니 오네
부르라소 부르라소 이내 이름 부르라소
자식 찾는 엄마 소리 성을 쌓도 못 막는다오

화초는 심어 놓고

화초는 심어 놓고
엄마는 어데 갔노
엄마야 어서 오소
봉지 진 꽃 다 피었소

봉선화 수선화
매화 도화 목단화야
너도 진정 무심하지
엄마 없이 너만 피나
들며 생각 날며 생각
생각 생각 생각나네

화초 뜰을 걸어가니
꽃이 미워 못 살겠네
화초는 심어 놓고
가신 엄마 왜 안 오노

앙동앙동

앙동앙동 실패랭이
무자동동 검은 골에
백옥 같은 수건을랑
호미 끝에 걸어 놓고
매화당에 놀러 가니
매화는 잠이 들어
남정들과 여정들과
이내 말씀 들어 보세
청치막 정저고리
일천 비단 호단 치마
주름 잡아 펼쳐 입고
꽃나비야 신을 신고
한 나비 쌍잔 들고
수만석 바위 밑에
엄마 하고 들어가니
엄마 소리 간곳없고
청산이 돌아앉아
수만석이 대답하네

연잎 같은 울 어머니

연잎 같은 울 어머니
어데 어데 가셨는고
댓잎 같은 울 아버지
혼자 혼자 푸르있네

누를 믿고 살아갈꼬
누와 마주 앉아 볼꼬
초저녁에 달이 뜨면
달빛과 앉아 볼까
아침노을 저녁노을
구름과 앉아 볼까

바람 바람 부는 바람
문창호지 왜 흔드나
글 안 해도 심란해서
울 아부지 누워 있다

어린 동생 잠재우며
자장자장 우리 자장

어서어서 잠들거라
쌔근쌔근 잠들거라
엄마 생각 하지 말고
고이고이 잠들거라

아무리 잘 재운들
엄마처럼 재울쏘냐
아무리 잘 품은들
엄마처럼 품을쏘냐
파랑 병에 노랑 병에
젖을 짜서 보내 주면
엄마 품에 안긴 듯이
어린 동생 잘도 자지

오랍아 어데 가노
나무하러 산에 간다
청산도 구만 산에
소나무가 푸른 산에
천야만야 바위 아래
산새들이 우는 곳에
엄마 무덤 거 있거든
벌초나 하고 오소

벌초사 하지마는

눈물 어려 어이 보노
눈으로 못 보거든
손으로 더듬어서
잡초는 다 제끼고
두견화만 남겨 두소

두견새 슬피 울다
그 가지에 날아 앉아
처량히 슬피 울면
엄마가 깨어날까
엄마가 깨어나서
순아 하고 날 부를까

세상 인정 좋다 해도
오랍동생1) 좋다 해도
해와 달이 밝다 해도
진주 구슬 곱다 해도
다 못하네 다 못하네
부모님만 다 못하네

---

1) '오라비'의 강원도 말.

다 못하데 다 못하데

우리 아배 연대 되어
우리 어매 연잎 되어
연대 연잎 쓰러지면
누굴 믿고 사잔 말고

믿고 살지 믿고 살지
오랍동생 믿고 살지

말도 마라 말도 마라
오랍동생 말도 마라

다 못하데 다 못하데
부모들만 다 못하데

엄마 생각 1

제비 제비 저 제비야
강남 갔던 저 제비야
너희들은 나는 듯이
재고 빠른 네 날개로
여기저기 돌아다녀
먼 데까지 봤을 테니
우리 엄마 찾아 다오
이 가락지 너 줄 거니
이건 우리 어머니가
그때 그때 날 껴안고
손가락에 끼워 주며
인제 많이 자라거든
날 본 듯이 끼이라고
주고 가신 이 가락지
이 가락지 널 줄께니
건넛마을 장자집에
가져가서 팔아다가
그 돈으로 노자 삼아
여기저기 다니다가

우리 엄마 만나거든
우리 우리 옥동이가
자나 깨나 울으면서
엄마 엄마 찾는다고
어서어서 집에 와서
옥동이를 그러안고
젖도 많이 먹여 주고
낮이면은 뒷동산에
나무 긁고 나물 뜯어
저녁거리 장만하고
날 저물어 밤이면은
옥동이를 옆에 뉘고
다독다독 재우면서
자장자장 자장가야
우리 아기 잘도 잔다
마루 밑에 흰둥새끼
뜰광 밑에 검둥새끼
잘도 잔다 잘도 잔다
자장자장 자장가야
우리 아기 잘도 잔다
옥동이가 잘도 잔다
옥동이가 잠들거든
어머니는 날과 함께
등잔 밑에 마주 앉아

바느질도 배워주고
이야기도 들려주고
베도 짜고 그러자고
제비 제비 저 제비야
우리 엄마 만나거든
어서 바삐 와 달라고
예도 가고 제도 가서
그래서도 못 보거든
더 먼 데로 가 보아서
부대부대 우리 엄마
부대부대 찾아 다고
제비 제비 저 제비야
강남 갔던 저 제비야

엄마 생각 2

우리 엄마 나를 낳아 애명글명 기를 적에
일천 뼈를 다 녹였고 오만 간장 다 썩었네
오줌똥을 주무르며 더러운 줄 몰랐다네
진자리와 마른자리 가려 가며 뉘였다네
쥐면 꺼져 불면 날까 곱게 곱게 길렀다네
무릎 위에 젖 먹일 때 머리 만져 주었다네
엄마 하고 쳐다보면 아나 하고 얼렀다네
씽긋뺑긋 웃을 적에 온 집안이 꽃이란다
요 새깽이 요 새깽이 요 강아지 요 강아지
볼기짝을 톡톡 치며 물고 빨고 하였다네

우리 엄마 날 버리고 어디 가서 올 줄 몰라
일락서산 아니 오고 월출동령 또 안 오네
장승같이 혼자 서서 엄마 오기 기다린다
야속할사 저승차사 우리 엄마 잡아갔네
우리 엄마 귀한 얼굴 어느 때나 다시 볼꼬
우리 엄마 어여쁜 뺨 어느 때나 만져 볼꼬
우리 엄마 보드란 손 어느 때나 다시 쥘꼬
우리 엄마 귀한 목성 어느 때나 들어 볼꼬

설운지고 이내 창자 굽이굽이 끊어지네
나는 싫어 나는 싫어 엄마하고 같이 죽어
요 자리에 죽거들랑 엄마 곁에 묻어 주소

타박타박 타박네야

타박타박 타박네야
너 어드메 울며 가니
내 어머님 몸 둔 곳에
젖 먹으러 울며 간다

산 높아서 못 간단다
물 깊어서 못 간단다
산 높으면 기어 가고
물 깊으면 헤어 가지

범 무서워 못 간단다
귀신 있어 못 간단다
범 있으면 숨어 가고
귀신 오면 빌고 가지

아가 아가 가지 마라
은패 줄라 가지 마라
은패 싫다 갖기 싫다
내 어머님 젖만 다고

내 어머님 가신 곳은
안 가지는 못할레라
내 어머님 가신 곳은
저 산 너머 북망이라

낮이면은 해를 따라
밤이면은 달을 따라
내 어머님 무덤 앞에
허덕지덕 다다라서

잔디 뜯어 분장하고
눈물 흘려 제 지내고
목을 놓아 울어 봐도
우리 엄마 말이 없다

내 어머님 무덤 앞에
데령 참외 열렸구나
한 개 따서 맛을 보니
우리 엄마 젖 맛일세

타복네야

타복타복 타복네야 물에 둥둥 방울네야
너 어머니 몸 진 곳에 너 뭐 하러 찾아가노

광[1]문이 문 같으면 열고 닫고 보련마는
광문이 문 아니니 열고 닫고 못 보겠네
저승길이 길 같으면 오면 가면 보련마는
저승길이 길 아니니 오면 가면 못 보겠네
한 모퉁이 돌아드니 내 어머니 제절[2]이라
제절 앞에 휘어지게 능금 대추 열렸구나
내 어머니 살아서도 날 못 잊고 죽어서도 날 못 잊어
능금 대추 나 먹으라 심으셨네
한 알 따서 땅에 놓고 두 알 따서 동무 주고
세 알 따서 먹을라니 눈물겨서 못 먹겠네
눈물 씻고 먹을라니 목이 메어 못 먹겠네
물을 먹고 먹을라니 집 생각이 절로 나네

---

1) 시체를 묻으려고 판 구덩이.
2) 산소 앞에 절할 수 있도록 마련된 평평하고 널찍한 부분.

집이라고 돌아오니 자란 애기 밥 달라네
어린 애기 젖 달라네 마소 새끼 꼴 달라네
동네 집강3) 쌀 달라네 사또 집강 돈 달라네

아강아강 울지 마라 네 어머니 오마더라
실경 위에 삶은 팥이 싹이 날 제 오마더라
병풍 위에 그린 닭이 홰를 치면 오마더라
저 장독에 백힌 덕이 싹이 나면 오마더라

---

3) 면, 리의 행정 사무를 맡아보던 사람.

꼬분네야

꼬분네야 꼬분네야
너 어드메 울며 가니
우리 오만 산소 앞에
젖 먹으러 나는 간다

한번 가신 우리 엄마
어데 가고 못 오시나
우리 엄마 우리 엄마
언제 다시 오시려나

저녁 해가 저무르니
날이 새면 오시려나
그믐밤이 어두우니
달이 뜨면 오시려나

겨울날에 눈이 오니
봄이 오면 오시려나
우리 엄마 우리 엄마
언제 다시 오시려나

동지섣달 긴긴밤에

동지섣달 긴긴밤에
부모 없어 우는 우리
우는 소리 들어 보소
우는 사연 들어 보소

저기 가는 저 선비야
어데까지 가십니까
저승까지 가시거든
울 아버지 만나거든
네 살 먹은 어린 애기
동지섣달 설한풍에
발을 벗고 울더라 하소
조고마한 짚오라기
신을 삼아 전하라 하소

저기 가는 저 할머니
어데까지 가십니까
저승까지 가시거든
울 어머니 만나거든

한 살 먹은 어린 애기
동지섣달 긴긴밤에
젖 그리워 울더라 하소
조그마한 자라병에
젖을 짜서 전하라 하소

청산에는 비가 오고
백산에는 눈이 오고
울 어머니 불러 보니
대답하고 아니 오네
저 산 너머 기어가면
우리 부모 보련마는
날 마다고 가신 부모
찾아간들 무엇 하리

숭글숭글 함박꽃은

숭글숭글 함박꽃은 빛만 뵈고 간곳없네
매화 도화 좋다 해도 엄마처럼 좋았던가
돋는 달이 곱다 해도 엄마처럼 고왔던가

눈물 나는 옛이야기 하루 해도 한이 없네
이틀 해도 한이 없고 사흘 해도 한이 없네
한달이면 *끄칠쏘냐* 일년이면 *끄칠쏘냐*

혈혈히[1]도 키운 동생 앞뒤로 옆에 끼고
고개골서 밥을 얻어 네다섯 살 키웠습네

오소 오소 인자 오소 언제 올라 아니 오요
설산에 봄이 오고 봄산에 비가 오고
비 온 산에 꽃이 피니 꽃 피는 줄 왜 모르오

---

1) 의지할 곳 없이 외롭게.

우리 엄마 어데 가고

정월이라 보름달에
동해 동쪽 뜨는 달은
두루 사방 밝히는데
우리 엄마 어데 가고
밝힐 줄을 모르는고

이월이라 한식날에
두룸¹⁾ 밑에 피는 꽃은
두루 사방 비치는데
우리 엄마 어데 가고
피어날 줄 모르는고

삼월이라 삼짇날에
강남 갔던 제비는
엄마 자던 방문 앞에
주인 찾아 운동하네
우리 엄마 어데 가고

---

1) 두렁.

찾아올 줄 모르는고

사월이라 초파일에
오만 사람 등 다는데
우리 엄마 어데 가고
간등[2] 달 줄 모르는고

오월이라 단옷날에
오만 사람 그네 매네
우리 엄마 어데 가고
그네 뛸 줄 모르는고

유월이라 유둣날에
오만 사람 목욕 간데
우리 엄마 어데 가고
목욕 갈 줄 모르는고

칠월이라 칠석날에
하늘에나 견우직녀
까막까치 다리 놓고
우리 엄마 어디 가고
만나 올 줄 모르는고

---

2) 초파일날 다는 연등.

팔월이라 대보름에
오만 사람 음식한데
우리 엄마 어디 가고
음식할 줄 모르는고

구월이라 구일날에
갈까마구 떼를 지어 오건마는
우리 엄마 어디 가서
찾아올 줄 모르는고

시월이라 십일날에
헛살레라 헛살레라
둥지 없이 헛살레라
우리 엄마 어디 가고
다시 올 줄 모르는고

병인년 동짓달에
우리 부모 깊은 정은
싫은 듯이 이별이요
이별 끝에 눈물이요
눈물 끝에 한숨이라

섣달이라 그믐날에
오만 사람 세배 간데

우리 엄마 어데 가고
세배 갈 줄 모르는고

울 오마니 가신 곳은

장대 잎은 속잎나무
썩은 바자 쟁쟁한데
종달새는 높이 떴다
울 오마니 가신 곳은
매화꽃만 피었더라
강남 갔던 구제비는
제철이라고 찾아왔네
울 오마니 어데 가고
철 찾을 줄 왜 모르나

타박타박 다박머리

타박타박 다박머리
송금송금 솎아내어
열석새라 금바디에
곱다랗게 베를 낳서
남원장에 팔아다가
엄마 사러 갔었더니
수박 전에 수박 나고
오이 전에 오이 나되
엄마 전은 아니 나네
미치고도 괴한 년아
엄마 전이 어데 있노

쉰댓자 베를 낳아

대동강에 배를 띄워
매록 같은 잠이 들어
저 근네라 채전밭에
저성나무 앉았구나
동류들아 동류들아
부모 찾아 안 갈라나
가기사야 가지마는
옷이 젖어 못 가겠네

이내 머리 좋다 해도
모심모심 뽑아내어
쉰댓자를 베를 낳아
장작 패서 끝으 놓고
하늘같이 베틀 찌어[1]
구름같이 잉아 걸고
배리강에 담아 이고
금따방이 받쳐 이고

---

1) 베틀을 놓아.

쇠방마치 손에 들고
아래 웅둥 씻거다가
백일강에 담아 이고
금따방이 받쳐 이고
쇠방마치 손에 들고
부모 죽고 이레 만에
부모 사러 갈라 하니
허연 노인 하는 말씀
오만 장은 다 나여도
부모 장은 아니 난다

아가 아가 처시 아가
밤중 밤중 야밤중에
집이라고 찾아와서
삽작 닫고 음맛구²⁾가
정지이라 들어가서
살강 잡고 음맛구가
아랫방에 내리가서
장작 패서 아박구가
큰방에라 올라가서
천자리라 먹을 갈아

---

2) 엄마 귀신. 아래 '아박구'는 아빠 귀신.

만자리라 붓대 끝에
장장이라 박히 놓고
누워 보고 앉아 보고
눈물짓다 한숨 짓다
그르그로 그르그로
긴 세월을 다 보내네

겉잎 같은 울 어머니

겉잎 같은 울 어머니
속잎 같은 나를 두고
갈 때는 오마더니
오마 소리 잊었는가
그 산 넘어 갔었더면
죽은 엄마 보지마는
송교 올라 울을 삼고
띠잔디를 이불 삼고
두견일랑 벗을 삼고
외로이도 지낼시라
저승길이 길 같으면
오며 보고 가며 보지
띠잔디가 문 같으면
열고 보고 닫고 보지

간밤에 꿈을 꾸니

간밤에 꿈을 꾸니
엄마 소리 영영킬래
영영 치마 떨쳐입고
없는 양식 꾸어다가
급히 동자 지어 놓고
엄마 하고 나가 보니
엄마 소리 간곳없고
뒷동산에 잠든 새가
깃 다듬는 소리뿐이네

우리 오마이 들어온다

우리 오마이 들어온다
널대문 찍꾹 열어 놓라
금방석을 내놓아라

이웃 오마이[1] 들어온다
개구멍을 터놓아라
바늘방석 내놓아라

우리 오마이 산소에 가니까니
함박꽃이 피었어두
눈물겨워 못 꺾어 왔네

이웃 오마이 산소에 가니까니
찔렁이꽃이 피었어두
찔러서야 못 꺾어 왔네

---

1) 의붓어머니.

아배 아배 울 아배야

철없는 나를 불러
베갯머리 앉히고는
부디부디 어서 커라
부디부디 공부해라

내 손을 만지면서
눈물 글썽 어리면서
조용조용 하신 그 말
마지막 말 될 줄이야

아배 아배 울 아배야
다시 한 번 입을 여소
입을 열어 불러 보소
이내 이름 불러 보소

봉지 봉지 꽃봉지

봉지 봉지 꽃봉지
이슬방울 맺어라
너 하나만 꽃이냐
나두 나두 꽃이다

울 아버지 살았을 때
업어 주고 안아 주고
도리도리 놀려 주며
얼싸얼싸 걸렸단다

울 아버지 자던 방에
꽃봉지만 또 맺었네

달아 달아 쪼박달아

달아 달아 쪼박달아
둥근달이나 되어 주렴
고을 갔던 울 아버지
날 보고파 달려온단다

나무 팔아 쌀 사 들고
산채 팔아 고기 사 들고
날 보고파 달려오는 울 아버지
배고파 안 오시나
길 잊어 안 오시나

달아 달아 쪼박달아
환하게 비춰 주렴

울 아버지 오마더니

울 아버지 가신 길에
꽃이 피고 잎이 피고
울 아버지 누운 땅에
뙤약볕이 들지 말고
울 아버지 오실 길에
안개 이슬 걷히거라

울 아버지 가실 때는
오마 하고 가시더니
오마 하고 아니 오니
울 아버지 날 잊었나

울 아버지 가는 길에 1

울 아버지 가는 길에
소주 약주 걸렸거라

울 어머니 가는 길에
무명 송이 걸렸거라

우리 형님 가는 길에
연지분이 걸렸거라

우리 오빠 가는 길에
널리리 퉁소 걸렸거라

울 아버지 가는 길에 2

울 아버지 가는 길에
일산대가 정제일레[1]
울 어머니 가는 길에
쌍가마가 정제일레
의붓아비 가는 길에
호랑범이 정제일레
의붓어미 가는 길에
뙤약볕이 정제일레

---

1) 제격일세.

저녁날에 병이 들어

아버님께 뼈를 타고
어머님께 살을 타고
제석님께 복을 타고
칠성님께 명을 타고
잠든 날과 병든 날
걱정 근심 다 전하니
어제 오늘 성턴 몸이
저녁날에 병이 들어
부르나니 엄마 소리
찾나니 냉수로다

없는 어마 꿈속에나 찾아오소

달아 달아 밝은 달아
저게 저게 저 달 속에
계수나무 박혔으니
옥도끼로 삼박 찍어
금도끼로 매 다듬어
기와 삼간 집을 짓고
자다 꿈을 깨어 보니
부모 생각 분명하다
분홍 치마 떨쳐입고
나비 같은 백마 타고
앙금앙금 앙가락지
장금장금 장가락지
쉬수껄네 납가락지
평안감사 맏딸애기
몇 바리나 실렸습나
농 두 바리 궤 두 바리[1]
고리 닷짝 실렸습네

---

1) 궤짝 두 바리.

나 오마니 살았으면
한 바리나 더 실릴걸
아이고 답답 없는 어마
꿈속에나 찾아오소

춘아 춘아 옥단춘아

춘아 춘아 옥단춘아
네 집 구경 가자스라
우리 집엔 구경 없네
뜰 끝마다 연당 파고
연당 안에 대를 심어
대 끝마다 학이 앉아
학의 부모 늙는 양은
그리 섧지 안 하여도
우리 부모 늙는 양은
나는 설워 못 보겠네

죽순 나물 원하더니

울 어머니 나 설 적에
죽순 나물 원하더니
그대 커서 왕대 되어
왕대 끝에 학이 앉아
학은 점점 자라는데
울 어머니 다 늙었네

울 아버지 다 늙는다

눈이 왔다 백옥산에
비가 왔다 검정산에
백옥산에 솔을 심어
솔잎마다 학이 올라
그 학이사 젊다마는
울 아버지 다 늙는다
울 어머니 다 늙는다
가는 세월 막으랴만
희는 양이 더욱 섧다

죽순아 죽순아

어머님이 병이 나도 드릴 것이 하도 없어
까치를 따라가서 개천을 건너 서서
대밭에 들어서나 왕대만 무성터라

울 어머니 배가 고파 누운 정상 생각하니
비 오듯이 눈물 내려 땅을 치고 울었더니
솟았더라 솟았더라 죽순 한 대 솟았더라
마디마디 구슬 같고 비단을 싼 듯한
그 죽순 꺾어 들고 나는 듯이 돌아왔네

죽순아 이 죽순아
너를 엄마 자시거든 엄마 병이 다 나아서
흐리다가 해가 난 듯 어둡다가 달이 뜬 듯
온 집안이 밝아 오고 우리 걱정 덜어 다고

뽕 따다가 누에 쳐서

뽕 따다가 누에 쳐서
세실 중실 뽑아낼 제
세실을랑 가려내어
부모 의복 장만하고
중실을랑 골라내어
우리 몸에 입어 보세

뒷터에는 목화 심어
송이송이 따 낼 적에
좋은 송이 따로 모아
부모 의복 장만하고
서리맞이 마구 따서
우리 옷에 두어 입세

달아 달아 밝은 달아

달아 달아 밝은 달아
하늘 가득 밝은 달아
저기 저기 저 달 속에
계수나무 박혔으니
은도끼로 찍어 내고
옥도끼로 다듬어서
초가삼간 집을 짓고
양친 부모 모셔다가
천년만년 살고지고
천년만년 살고지고

도토리야 열려라

동산에 도토리를 두세 섬 따 가지고
앞내에 불쿠어서 뒷내에 울쿠어서
도토리묵을 하여 한 가마 끓여 놓고
아버님 잡수시오 어머님 잡수시오
언니도 잡수우다 동생아 너 먹어라
아버님 은수저요 어머님 금수저요
우리는 백통 수저 놋수저 가져다가
한없이 먹었으면 원없이 먹었으면
도토리야 열려라 부모 봉양 하여 보자

효자둥이 우리 형제

쿵덕쿵 쿵덕쿵
찹쌀 멥쌀 옥방아
계수나무 토끼방아
백설 찧나 복을 찧나
참깨 찧어 찹쌀떡은 애비 주고
들깨 찧어 멥쌀떡은 어미 주어
이내 몫 남거들랑
효자둥이 우리 형제
요리조리 먹어 보세

어린 동생 춤을 추니

부모님이 앉았는데
어린 동생 춤을 추니
하하하 귀엽다고
부모님이 웃으시네

부모님 웃으시니
내 마음 하두 좋아
나두 일어 춤을 출까
생각하니 눈물 나네

부모 나무 꽃이 피어

저 건너라 대야동에 부모 나무 꽃이 피어
오랑조랑 열린 과실 과실마다 향기라네

부모 없는 아이들아 부모 꽃을 구경 가자
구경이사 가지마는 눈물 나서 못 가겠네

명주 수건 석 자 수건 눈물 닦고 구경 가자
구경이사 가지마는 신이 없어 못 가겠네

은돈 금돈 무값[1] 주고 신 사 신고 구경 가자
부모 나무 부여잡고 부모 명자[2] 불러 보자

---

1) 한없이 비싼 값.
2) 이름.

부모 얼굴 그리려 하니

이칸 저칸 마루칸에
쉰한 칸 방 안에
서른한 칸 병풍 안에
정담情談하는 저 큰애기
누구게 생겼다가
부모 얼굴 몰랐던고

이천 석 벼루 끝에
삼천 석 먹을 갈아
백지 닷 장 구만 장에
부모 얼굴 그리려 하니
물명주 석 자 수건
눈물 닦아 다 젖었네

부모 명자 쓰자 하니

한 살에 어미 죽고
두 살에 아비 죽고
다섯 살에 글을 배워
열네 살에 과거 올라
부모 명자 쓰자 하니
눈물이 하 상하여
장지[1] 젖어 못 쓰겠네
누이야 수건 다오
눈물 닦고 새로 쓰자

---

1) 과거 볼 때 답안지로 쓰던 종이.

미나린지 개나린지

미나린지 개나린지
쟁비꽃의 벌나빈지
오조[1]밭에 새날인지
고방 문을 열고 보니
아버지는 배꽃이요
배꽃은 지고 없네
이러고 가신 부모
어데라 바라보노

마옵소서 마옵소서
저승길이 원수로다
아버님이 가신 후로
의지가지없는 우리
아침밥도 아니 먹고
점심밥도 아니 먹고
저녁에 우는 울음
인간 천지 생긴 후에

---

1) 일찍 익은 조.

이런 일도 있었던가
울어 볼까 웃어 볼까
가슴 치고 죽어 볼까
어이할꼬 어이할꼬
우리 형제 어이할꼬

만성에 가름길에
외로 벋은 한두 길에
길길이도 벋은 길에
어느 길이 정길인지
가신 길을 내 알아야
찾아서 내 가 보지

평차시 놋수저
불불이[2] 지어 둔 옷
있는 대로 그냥 두고
갓망건은 걸어 두고
발에 맞는 버선이며
갓신 그냥 놓아두고
날 새도록 울어 보나
눈물만 강이 되네
한강수야 무정터라

---

2) 부랴부랴.

계모 노래

장개가나 장개가나
쉰다섯에 장개가네
머리 센 데 먹칠하고
눈 빠진 데 불콩 박고
이 빠진 데 박씨 박고
코 빠진 데 골미[1] 박고
누릇누릇 호박꽃은
울담에라 넘나들 때
그 모양이 첫째로다
지붕 처마 넘나들 때
박꽃이 첫째로다
숙굴숙굴 수만 대요
만사태평 울 아배요
전실 자식 있거들랑
후실 장개 가지 마소
이내 눈물 받아서로
지양뜰에 뿌렸다가

---

1) 골무.

지양꽃이 피거들랑
날만 여겨 돌아보소
이내 나는 죽거들랑
앞산에도 묻지 말고
뒷산에도 묻지 말고
고개 고개 넘어가서
가지 밭에 묻어 주소
가지 형제 열거들랑
우리 형제 연 줄 알고
눈물 한번 뚝기 주소
우리 동무 날 찾거든
가지 한 쌍 따서 주소

우리 형제 죽거들랑

아버지는 댓잎이요
어머니는 연잎이요
댓잎 연잎 쓰러지면
우리 형제 어찌 살구

우리 형제 죽거들랑
앞동산에 묻지 말고
뒷동산에 묻지 말고
고개 고개 넘어가서
가지 밭에 묻어 줍소
가지 한 쌍 열리거든
우리 형제 난 줄 아오

우리 형제 노는 데는

우리 형은 갈잎이요
이내 나는 연잎이라
우리 형제 노는 데는
물오리가 떠다니오

우리 형은 솔잎이요
이내 나는 잣잎이라
우리 형제 노는 데는
접동새가 날아드오

우리 형제 가는 길에

우리 애기 너무 울어
엄마 무덤 찾아가오
우리 형제 가는 길에
별이 총총 비춰 주소

나두 가요 나두 가요

꼬둑백인[1] 장가가구
민들레는 시집가구
달래 삼춘 억케 왔나
때굴때굴 굴러 왔네
나두 가요 나두 가요
너는 못 가 너는 못 가
길 좁아서 너는 못 가
차츰차츰 넓혀 가지
강 많아서 너는 못 가
나무 신을 타구 가지
가시 많아 너는 못 가
땍깍땍깍 꺾구 가지
산 높아서 못 간단다
쉬엄쉬엄 넘어가지
범 많아서 못 간단다
횃불로써 쫓구 가지

---

1) 고들빼기는.

우물가엔 나무 형제

우물가엔 나무 형제
하늘에는 별이 형제
우리 집엔 나와 언니
나무 형젠 열매 맺고
별 형제는 빛을 내니
우리 형제 뭐를 할꼬

거울 같은 우리 누나

하늘에 떠온 달은
우리 누나 거울 같다

그 거울에 암만 봐도
누이는 어데 갔노

저 달아 떠오지 마라
누나 그려 못 살겠다

동생아 엿 사서 주까

엿 사서 주까 쫄쫄 빨구로
오화당[1] 주까 똘똘 구불리구로
새 잡아 주까 호로록 날리구로

---

1) 오색으로 물들여 만든 둥글납작한 사탕.

형님 상에 다 올랐네

뒷집 목기 앞집 목기
닷 죽[1] 닷 죽 열닷 죽이
형님 상에 다 올랐네

뒷집 대접 앞집 대접
닷 죽 닷 죽 열닷 죽이
형님 상에 다 올랐네

노랑꽃 빨간꽃
큰 꽃 쌍쌍 피워 놓고
들에 사는 장끼 한 쌍
꺼덕꺼덕 푸둑푸둑
앞장에서 꼬리 치던
잉어 한 쌍 둥실 떴네

---

1) 그릇 열 벌을 묶어 세는 단위.

우리 형님 못 봤거든

한 산등에 한가퀴[1]야
두 산등에 질천구[2]야
고사리로 기둥 세고
원추리로 대문 달고

대문 밖에 섰는 처녀
뉘 간장을 녹이려고
저리 곱게 생겼는가

내가 무슨 곱게 생겨
우리 형님 못 봤거든
천도복숭 꽃을 보소

---

1) 엉겅퀴.
2) 질경이.

열무 씻는 우리 형은

사래 길고 긴긴 밭에
목화 따는 저 처녀야
뉘 간장을 녹이려고
저리 곱게 생겼는고

내가 뭣이 그리 고와
양산이라 뒷개골에
열무 씻는 우리 형은
나보다도 더 고운데

비야 비야 오지 마라

비야 비야 오지 마라
우리 누나 시집갈 때
가마 속에 물 들어가면
다홍치마 얼룩진다
무명치마 둘러쓴다
비야 비야 그치어라
어서어서 그치어라
우리 누나 시집가면
어느 때나 다시 만나
누나 누나 불러 볼까
시집을랑 가지 마오
시집을랑 가지 마오
시집살이 좋다 해도
우리 집만 하오리까
비야 비야 오지 마라
우리 누나 시집갈 때
비야 비야 오지 마라
내 눈썹도 젖어 온다

비야 비야 오지 마라

비야 비야 오지 마라
우리 형님 시집갈 때
가마 꼭지 물이 든다
가마 꼭지 물이 들면
비단 치마 얼룩진다
비도 비도 짓궂으네
형님 형님 울지 마소
형님 형님 우리 형님
어느 때나 오실랑가
내일이나 오실랑가
모레나 오실랑가
형님 형님 오시거든
앞 남산의 어마님 묘
뒷동산의 아바님 묘
같이 가서 같이 우세
형님 형님 우리 형님
어느 때나 오실랑가
내일이나 오실랑가
모레나 오실랑가

비야 비야 오는 비야

비야 비야 오는 비야
꿩의 길로 가거라
토끼 길로 가거라
까치 길로 가거라
우리 오빠 장에 가서
소금하고 저고릿감하고
사 가지고 돌아올 때
비 때문에 못 온단다

옥동 처녀 우리 딸아

옥동 처녀 우리 딸아
인물 곱고 맵시 좋고
바늘살이 길쌈살이
보기 좋게 잘도 하고
살림살이 잘 살기는
우리 딸애밖에 없네
작년이라 춘삼월에
시집이라 보냈더니
주야장천 보고 싶어
죽도 사도 못 하겠네

딸의 손자 기다리네

방아 헐헐 시방아여 서울 방아 디딜방아 방아 내러 가자스라
동부 고물 외상떡은 안 선반에 얹어 놓고 딸의 손자 기다리네
밀개떡은 쩌 가지고 겉 선반에 얹어 놓고 메느리 손자 기다리네
참살구라 꺾은 추지 안 선반에 얹어 놓고 딸의 손자 기다리네
개살구라 꺾은 추지 겉 선반에 얹어 놓고 메느리 손자 기다리네
두자 두치 눈 온 들에 딸의 손자 업고 가고 메느리 손자 걸리고 가네
걷는 아가 어서 가자 업은 애기 발 시릴라

울 올바씨 제일일레라

오동 통통 객사 뜰에
풍상 청청 나무 심거
매화지상 꽃 핀 낡에
군디 매고 치뜰 치고[1]
동네 선비 다 모여도
울 올바씨 제일일레라
샛바람아 불지 마라
형님 머리 다 헝큰다
가랑비야 오지 마라
반물치매 얼룩진다

---

1) 그네 매고 차일 치고.

형님 오네 형님 오네

형님 뜻은 내 뜻이면 나를 보러 오련마는
형님 오네 형님 오네 분고개로 형님 오네
형님 마중 누가 가나 형님 동생 내가 가지
형님 밥은 멀로 짓나 삼년 묵은 올베 쌀로
쓿고 쓿고 또 쓿어서 형님 점심 지어 놓고
앞강에는 뛰는 고기 뒷강에는 노는 고기
큰 고기는 도마 치고 잔고기는 쇠껴 쳐서
돌에 돋는 세기채 나무 돋는 비세채
땅에 돋는 명이채 기름간장 다 메웠네
형님 상청 아자씨는 가살1)일레 가살일레
문친영엔 떼가살이 사령영엔 외가살이
형님 상청 아자씨가 요내 집을 바로 갔나
점심 한 상 잡수련만
박씨 같은 전이밥에 소뿔 같은 자기 나물
가살이의 아자씨는 모든 원장 다 맡기고
진지 한 상 잡수련만 요내 집을 바로 갔나

---

1) 말씨나 행동이 가량맞고 야살스러움.

우리 오빠 없었더면

팔랑팔랑 갑사댕기
넓으나 좁으나 돈반짜리
전반 같은 형아 머리
넓은 것을 사다 주고
술총 같은 이내 머리
좁은 것을 사다 주네
우리 오빠 없었더면
어느 누가 정이 많아
십리 장을 팽이 치듯
서 돈 주고 사다 줄까

오랍동생 어서 오소

왈랑잘랑 말을 타고
오랍동생 어서 오소
나박김치 시어 가오
오이 참외 늦어 가오

오랍동생 어서 와서
우리 군자 만나 보고
여자 유행 설운 사정
옛글에도 있다 하소

해는 따서 겉 받치고

궁굴나라 궁굴나라
개천 바닥 궁굴나라
한가운데 금실금실
금실나무 서서 있네
무슨 여름[1] 열렸더냐
해와 달이 열렸더라
해는 따서 겉 받치고
달은 따서 안 받쳐서
오라버니 파자 전복[2]
지어 놓자 지어 놓자

---

1) 열매의 함경도 말.
2) 군인들이 입는 군복.

시동생아 시동생아

시동생아 시동생아
중우[1] 벗은 시동생아
느거 형님 어데 가고
너만 홀로 놀고 있노

아주매야 아주매야
동글납작 아주매야
우리 형님 너 줄라꼬
산에 가서 꽃 꺾는다

---

1) 바지.

개떡 주까 쇠떡 주까

오라버니 오라버니
개떡 주까 쇠떡 주까
해 비치나 삿갓 주까
목마른가 물 떠 주까
오라버니 집에 가건
개떡 먹은 숭 보지 마우
이담에 잘살거든
찰떡 치고 메떡 쳐서
고대광실에 맞으리다

동무 동무 일천 동무

동무 동무 일천 동무
자네 집이 어드메뇨
대추나무 아홉 세고
형제 우물 곁집일세

익은 대추 다 따 먹고
설은 대추 맛볼래다
머리 좋고 실한 처녀
대추낡에 걸렸음메

아침부터 익힌 동무

아침부터 익힌 동무
해 질 골서 잃고 가네
모시 수건 감처 쥐고
내일 아침 만나 보세

벗 노래

어화 벗님네들이여 이내 말씀 들어 보소
혼자 있기 적요하여 문밖에 잠깐 나아가
사면을 살펴보니 상종할 이 누구던고
행화촌[1]에 가는 사람 오라기는 하건마는
이 사람을 상종하면 흉험 지주 되오리다
청루에 노는 소년들 함께 가자 하건마는
이 소년들 상종하면 방탕하기 쉬우리라
장기바둑 뛰는 사람 한가한 듯하건마는
허공 세월 맹랑하다 그도 상종 못 하리라

다시금 살펴보아도 상종할 이 전혀 없네
세월 광풍 좋은 때에 삼척 단금[2] 옆에 끼고
벌목 시[3]를 외우면서 어진 벗을 찾아가니
현가絃歌 소리 나는 곳에 육칠 관동[4] 모다 있어

---

1) 살구꽃이 피는 마을이란 뜻인데, 여기서는 술집이 있는 마을을 말한다. 두목杜牧의 시 '청명淸
   明'에 '술집이 어디냐 물으니, 목동이 행화촌을 가리킨다〔借問酒家何處有 牧童遙指杏花村〕.'는
   구절이 있는데, 여기서 나온 말이다.
2) 석 자짜리 짧은 거문고.
3) 《시경》에 나오는 시로, 벗을 그리는 시.

읍향하고 맞아들여 은근히 하는 말이
심덕으로 사귄 벗은 절절시시 일을 삼아
모진 행실 경계하며 선한 일로 인도하고
아첨하고 교만하면 할 것부터 멀리하고
되냥다문 가리어서 토진간담[5] 하올 때에
물결같이 맑은 마음 거울같이 비치어서
수제치평修齊治平[6] 강습하고 고왕금래古往今來 의논하여
환난상구[7] 능히 하니 정분도 중해지고
오래도록 공경하니 위의 거동 아름다워
세상에 좋은 벗은 의벗밖에 다시 없네
재물로 사귄 벗은 빈하면 절교되고
권세로 사귄 벗은 미약하면 배반하되
의의 친구[8] 사귄 후론 가도록 친밀하여
옳은 도리 점점 알고 어진 이름 돌아오니
세상에 좋은 벗은 의벗밖에 다시 없네

---

4) 육칠 명의 어른과 아이들.
5) 진정을 말하는 것.
6) 제 몸과 가정을 거두고 세상을 다스린다는 뜻. '수신제가치국평천하'.
7) 곤란할 때 서로 구원하는 것.
8) 의롭게 사귄 친구.

어데까지 왔노
안중안중 멀었네

어데까지 왔노
안중안중 멀었네

어데까지 왔노
동산 건너 왔네

어데까지 왔노
삽작거리 왔네

어데까지 왔노
축담 밑에 왔네

어데까지 왔노
구들목에 왔네

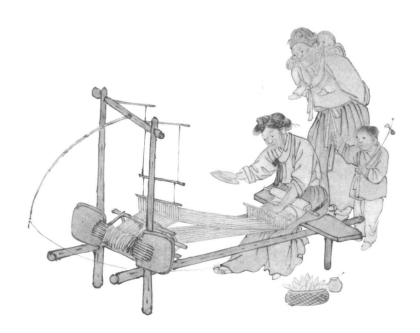

어깨동무

동무 동무 어깨동무
어디든지 같이 가고
동무 동무 어깨동무
언제든지 같이 놀고
동무 동무 어깨동무
해도 달도 따라오고

어깨동무

밥 먹었니 밥 먹었다
잠잤니 잠잤다
그럼 가자 앞산 가자
밤 따서 너 다 줄라
어깨동무 어쩌고
내 혼자만 갈꼬
어깨동무 함께 갈래
자나 깨나 동동

홍의장군 나간다

나간다 나간다
홍의장군 나간다
노루목이 고개로
왜놈 치러 나간다

나간다 나간다
청의장군 나간다
봉지모루 고개로
왜놈 치러 나간다

나간다 나간다
군도 차고 나간다
월렁절렁 나간다
버석버석 나간다

■ '홍의장군', '청의장군'은 모두 임진왜란 때 의병장 곽재우 장군을 말한다.

까치발로 오르자

까치봉 위에
실구름 떠었다

까마구 떼가 너풀면
까치 새끼 죽는다

까마구는 왜놈
까치는 우리 편

엉금엉금 오르자
까치발로 오르자

간짓대로 때려서
떼까마귀 내몰라

■ 아이들이 두 발을 모아 '까치발 뛰기'를 하면서 부르는 노래이다.

까치발로 올라서

까치봉 위에
실구름 떠었다

까치야 까치야
까마구 열 놈 닥칠라

까치는 우리 편
까마구는 왜놈 편

까치발로 올라서
까마구 둥지를 털자

군사 놀이

어디 군산가
평안도 군살세
몇천 명인가
삼천 명일세
몇백 바퀴 돌았나
삼백 바퀴 돌았네
무슨 칼을 찼나
장도칼을 찼네
무슨 신을 신었나
가죽신을 신었네
대동문이 어디인가
여길세

올콩 졸콩

올콩 졸콩 바위 아래 참대콩
우물 등에 미나리 마당 섶에 답사리[1]
아랫내 고사리 꺾었나 윗내 고사리 꺾었나
몇 다래끼 꺾었나 열 다래끼 꺾었네
무슨 물에 삶았나 구름 물에 삶았네
무슨 조리로 건졌나 함박 조리로 건졌네
무슨 물에 헹궜나 새암물[2]에 헹궜네
간장 초장 기무장에 간 맞추어 묻혀서
아부님도 집어 보소 어무님도 집어 보소
아부님도 실태장 어무님도 실태장
우리 동세 먹고 나니 동대문에 해가 든다
쪽에쪽에 콩쪽에 녹에녹에 녹두쪽에
죽은 낡에 딱따귀 산 낡에 꾀꼬리

---

1) 댑싸리.
2) 샘물.

소꿉놀이

가자 가자 놀러 가자
뒷동산에 놀러 가자
꽃도 따고 소꿉 놀 겸
겸사겸사 놀러 가자
복순일랑 색시 내고
이쁜일랑 신랑 내어
꽃과 풀을 모아다가
조개비로 솥을 걸고
재미있게 놀아 보자

소꿉놀이

반둑개미 살림에
박 쪼가리 대문에
따깨비로 솥하고
아들 낳고 딸 낳고
명주 낳고 베 낳고

허멍탈네

허멍탈네 딸아기
시집 살러 간다고
허무한 차림으로
얼수하게 꾸민다
수숫댓잎 댕기에
반 부러진 목동곳[1]
깃만 있는 저고리
앞만 남은 바지에
말만 남은 치마요
목만 남은 버선에
바닥 없는 당여요
닭둥저리[2] 타고서
거들거려 간다지

■ 소꿉놀이하면서 부르는 노래이다.
1) 동곳은 비녀처럼 머리를 말아 올린 뒤 그것이 풀어지지 않도록 꽂는 것.
2) 닭둥우리. 광주리.

풀각시

앞산에는 빨간 꽃요
뒷산에는 노랑 꽃요
빨간 꽃은 초마 짓고
풀 꺾어 머리 허고
그이딱지[1] 솥을 걸고
흙가루로 밥을 짓고
솔잎을랑 국수 지어
풀각시를 절 시키네
풀각시가 절을 하면
망건을 쓴 신랑을랑
꼭지 꼭지 흔들면서
밤 줏것[2]에 물 마시네

---

1) 게딱지.
2) 밤 껍질.

풀각시

중의 머리 거츨거츨
각시 머리 깡깡
기름 발라 매끈매끈
침칠해서 깡깡

어데까지 왔노

어데까지 왔노
안중안중 멀었네
어데까지 왔노
동산 건너 왔네
어데까지 왔노
삽작거리 왔네
어데까지 왔노
축담 밑에 왔네
어데까지 왔노
구들목에 왔네

술래잡기

됐니
안 됐다
됐니
안 됐다
됐
됐다아

뒤뜰 안에 숨은 놈은 뒤뜰배기
나무 뒤에 숨은 놈은 나무 귀신
담 모퉁이에 숨은 놈은 담쟁이넝쿨
마루 밑에 숨은 놈은 하룻강아지
이말 저말 듣지 말고 꼭꼭 숨어라
숨은 자리 숨어라 옴짝달싹 말아라

빙빙 돌아서 기웃기웃한다
붙잡히면 도둑놈 안 잡히면 용치

꼭꼭 숨어라 머리카락 보인다
꼭꼭 숨어라 범장군 나간다

술래잡기

솔개미 떴다
병아리 숨어라
에미 날개 밑에
애비 다리 밑에
꼭꼭 숨어라
나래미[1]가 나왔다

---

1) 날개.

수박 따기

맹맹절사 어떤 놈이오
깡깡대굴 까먹다가
목 질려서 수박 사러 왔네
수박밭 갈러 이제야 갔소

맹맹절사 어떤 놈이오
그제 왔던 그놈이오
무엇 하러 왔나
수박 사러 왔네
수박 심으러 이제야 갔소

맹맹절사 어떤 놈이오
그제 왔던 그놈이오
무엇 하러 왔나
수박 사러 왔네
수박 남기 이제야 났소

■ 이 노래는 꼬리잡기 놀이를 하면서 부른다. 지방에 따라 '호박 따기', '동아 따기' 라고도 한다.

맹맹절사 어떤 놈이오
그제 왔던 그놈이오
무엇 하러 왔나
수박 사러 왔네
수박꽃 하나 이제야 피었소

맹맹절사 어떤 놈이오
그제 왔던 그놈이오
무엇 하러 왔나
수박 사러 왔네
수박 한 개 이제야 맺혔소

맹맹절사 어떤 놈이오
그제 왔던 그놈이오
무엇 하러 왔나
수박 사러 왔네
수박 이제야 주먹만 했소

맹맹절사 어떤 놈이오
그제 왔던 그놈이오
무엇 하러 왔나
수박 사러 왔네
수박 이제야 대굴만 했소

맹맹절사 어떤 놈이오
그제 왔던 그놈이오
무엇 하러 왔나
수박 사러 왔네
수박 이제야 동이만 했소
그러면 되었네
뚝

호박 따기

이 물 어찌라오
풍 건너 뛰오
이 개 어찌라오
지개 하오
이 문 어떻게 열라오
드르릉 여오

호박 하나 주오
이제 꽃망울 지오
언제 올라오
낼모레 오오
내일모레 동동

호박 하나 주오
이제 꽃이 피오
언제 올라오
낼모레 오오
내일모레 동동

호박 하나 주소
이제 김매 주오
언제 올라오
넬모레 오오
내일모레 동동

호박 하나 주소
이제 여물었소
안 떨어지오
앞집 뒷집 도끼로 쳐서 따 가오
안 떨어지오
앞집에 기름 얻어다 바르오
떨어졌다

손뼉 치기 1

치자 치자 수박 치자
치자 치자 떡을 치자

물면 죽신 이차떡
먹기 좋은 니도래미
반즐반즐 기름 송편
동글납작 절편떡

빛이 곱다 쑥떡이요
까물까물 복작떡이요
돌기돌기 이설기요
백설 같은 백설기요

가지가지 떡을 치고
동네방네 청할 적에
앞집 할머니 뒷집 할머니
떡 잡수러 건너오시오
영이야 문이야 정이야 분이야
모두 떡 먹잔다

손뼉 치기 2

둥그다 당딱 둥그다 당딱
에라 좋다 둥그다 당딱
이 팔 쳐라 둥그다 당딱
저 팔 쳐라 둥그다 당딱
복장 쳐라 둥그다 당딱
바닥 쳐라 둥그다 당딱
머리 쳐라 둥그다 당딱
손뼉 쳐라 둥그다 당딱

대문 놀이

문 문직아 어데 갔니
이 문 열어라
어서 어서 열어라
못 연다
왜 못 여니
손이 없어 못 연다

문 문직아 어데 갔니
이 문 열어라
활짝활짝 열어라
못 연다
왜 못 여니
쇠가 없어 못 연다

문 문직아 그럼 나서라
못 나서겠다

■ 여러 아이들이 깍지를 끼고 서서, 그 속으로 들어오려는 아이와 서로 실랑이질을 하면서 주고받는
노래.

빨리빨리 나서라
안 된다
그럼 밀겠다
와아 밀어라 밀어라

줄넘기 노래

새 손님 들어오세요
안녕하세요
하나, 둘, 셋
진 사람 나가 주세요

새 손님 안녕하세요
어서 오세요
하나, 둘, 셋
이긴 사람 그냥 하세요

줄넘기 노래

새는 연두새
연두새가 울어요
어디서 우나요
산에서 울지요
쫑 쫑

걸어가기

너잘사니 너얼사 대사니 대앨사
무우꼬리 장꼬리 뜀뛰기 더얼썩
올라라 내려라 어데까지 걸었나
달두 달두 반달 앞산이 멀었다

너잘사니 너얼사 대사니 대앨사
오르바지 막바지 간직 간직 가다가
대막대기 툭툭 바위한테 맞아서
가도 가도 산이라 산도 산도 왁산이라

그래도 걸어라 걷다가 치어라
똑 똑
이제 다 왔다 눈 떠라 번쩍

■ 아이들이 편을 갈라서 놀다가 진 편이 눈을 감고 걸어가면 이긴 편이 부르는 노래이다.

멍석말이

망망 꼬방방
돌이바퀴 치바퀴
구월산에 비 온다
멍석 말아 들여라
장석¹⁾ 말아 들여라

■ 아이들이 풀뿌리를 뽑아 들고 장난하며 부르는 노래이다.
1) 짚으로 길게 엮어 만든 자리.

두껍 놀이

두꺼비 땅땅 하늘땅 별땅
땅땅 울려라 맞을 대로 맞아라
강물이 출렁 바닷물이 철썩
모래성을 쌓았다 땅땅 다져라
두꺼비 땅땅 하늘땅 별땅
아무 놈이 밟아도 끄떡없다

두껍 놀이

두껍아 두껍아
두껍이는 집 짓고
황새는 물 긷고
소가 밟아도 딴딴
까치가 밟아도 딴딴
무너질라 생각 말고
잘도 잘도 지어져라

물배 둥둥

물배 둥둥 찰배 둥둥
둥굴소[1]의 짤배 둥둥
네가 떴니 내가 떴니
너도 나도 모두 떴지
물배 둥둥 물배 둥둥
찰배 둥둥 찰배 둥둥

■ 미역 감을 때 다리를 서로 엇들고 하는 소리이다.
1) 힘 잘 쓰고 일 잘하는 황소.

해야 해야

해야 해야 물 떠먹고
장구 치고 나와 놀자
보리떡도 떡이요
수수떡도 떡이다
도토리 주워다 떡 쳐 주께
나와 놀자

해야 해야

해야 해야 나온나
물 떠먹고 나온나
곰배수갑 내줄게
해야 해야 나온나
아이 춥다 빨리빨리 나온나

■ 아이들이 미역 감고 놀다가 추우면 빨리 해가 나오라고 부르는 노래이다. 다음에 나오는 '들기름
짜라' 와 '땅땅 말라라' 도 같다.

들기름 짜라

들기름 짜라 참기름 짜라
물 떠 줄게 볕 나라
춰 춰 춘달래 까치 새끼 양달래
우렁 깍지 매방울
거울 같은 새아씨가
구름 같은 말을 타고
천지 고개 넘어간다
구름 문아 열려라
고운 얼굴 다시 보자

땅땅 말라라

땅땅 말라라
꼬치꼬치 말라라
해야 해야 물 떠먹고
얼른 나와 비쳐라
땅땅 말라라
빨리빨리 말라라

별 하나 나 하나

별 하나 나 하나 따서
졸구럭[1]에 넣고
매를 끌고 졸졸 끌고
별 둘 나 둘 따서
졸구럭에 넣고
매를 끌고 졸졸 끌고
별 셋 나 셋 따서
졸구럭에 넣고
매를 끌고 졸졸 끌고
별 넷 나 넷 따서
졸구럭에 넣고
매를 끌고 졸졸 끌고

---

1) 종다래끼. 새끼를 드문드문 떠서 만든 바구니.

별 하나 콩콩

별 하나 콩콩
별 둘 콩콩
별 셋 별 넷
다리 다리 하늘 다리
별 일곱 콩콩
별 여덟 콩콩
아우 아우 우리 아우
별 열 콩콩
별 열하나 콩콩
백천만억
억만하고두 콩콩

별 하나 나 하나

별 하나 나 하나
별 둘 나 둘
별 셋 나 셋

별 넷 나 넷

별 다섯 나 다섯

별 여섯 나 여섯

별 일곱 나 일곱

별 여덟 나 여덟

별 아홉 나 아홉

별 열 나 열

별 백 나 백

별 천 나 천

별 삼천 나 삼천

삼천리 이 강산에

꽃바람이 불어온다

너와 나와 춤을 추며

재미있게 놀아 보자

이박 저박 깐추박

이박 저박 깐추박
다 따 먹은 난두박
쟁인 영감 두룬박
쌀로 되니 마흔 되
떡을 하니 서른 채

마음 좋은 할머니
꼬부랑 나무에 올라가
어서 먹고 가거라
따서 주는 조롱박

■ 아이들이 둘러앉아 차례로 이야기를 할 때 이야기가 잘 생각이 나지 않으면 말하기 전에 이런 말
을 늘어놓는다. '이박'이란 이바구, 곧 이야기라는 말이다.

긴 장대에다

긴 장대에다
좋은 조리를 걸어
오면서도 보고
가면서도 보고
흘겨 보고 두드려 보고
이리 보고 저리 보고
아무리 봐도
길고 좋은 이야기다

옛날 옛날 옛적에

옛날 옛날 옛적에
갓날 갓날 갓적에

다박머리 아이 적에
나무접시 소년 적에

접시밥 못 얻어먹고
헌 벙거지 초립 적에

텅게바리 영감 적에
헌 갓모자 떼고 먹어 보자

가자 가자 감나무

가자 가자 감나무
오자 오자 옻나무
김치까지 꽃가지
물에 빠진 장나무
해 넘어간다 깔깔

아해당에 놀러 가세

아해당에 놀러 가세
송구 꺾어 옆에 끼고
찔레 꺾어 손에 들고
꽃은 꺾어 머리 꽂고
나물 뜯어 치마 싸고

■ 여자 아이 둘이 마주 앉아 손바닥과 무릎을 치며 부르는 노래이다.

물방아

쿵덕궁 물방아
밤낮없이 쿵덕궁
아침거리 늦을라
식전 저녁 쿵덕궁

■ 물방아 놀이를 할 때 부르는 노래이다.

불 불 불어라

불 불 불어라
이 쇠 값이 얼마냐
갱피 닷 돈, 돈 닷 돈
쉰닷 돈도 더 된다

불 불 불어라
이 쇠 벼려 나 다오
말만 잘하면 준다
일만 잘하면 준다

집짓기 노래 1

나비 나비 분홍 나비
제비 제비 초록 제비
능금 한 쌍 포도 한 쌍
쌍쌍이 물어다가
벽장 안에 집을 지어
바늘로 기둥 세고
당사실로 알매[1] 치고
돈으로 구들 놓고
분으로 새벽[2]하고
연지로 도배하여
방 치장도 좋다마는
각시님이 더 예쁘다

---

1) 기와를 이을 때에, 지붕 서까래 위에 가는 나무오리로 엮은 것에 이겨서 까는 흙.
2) 누런 빛깔의 차진 흙에 고운 모래나 말똥 따위를 섞어 벽이나 방바닥에 덧바르는 흙.

집짓기 노래 2

쫑꼽쫑꼽 쫑꼽새야
까치 비단 놀고새야
굽으러 가는 대통새야
은금 비단 물어다가
뒷동산에 집을 짓고
하룻밤을 자고 나니
만나꽃이 피었더라

만나꽃을 꺾어 쥐고
조밭머리 넘어가니
오라비 하나 쌍개 틀고
형님 하나 부인 각시

우리 집에 왜 왔니

우리 집에 왜 왔니
꽃 찾으러 왔도다

무슨 꽃을 찾겠니
효자 꽃을 찾겠다

우리 집에 왜 왔니
꽃 찾으러 왔도다

무슨 꽃을 찾겠니
옥순 꽃을 찾겠다

황새 찌루룩

황새 찌루룩
고들기 찌루룩
어디 가 배웠나
먼 데 가 배웠네
어짜 하나
요렇게 하지

■ 씨름할 때 부르는 노래이다.

개미 장 보는 날은

개미 장 보는 날은
비 오지 마라

개미 집 짓는 날은
바람 불지 마라

달팽아 달팽아

달팽아 달팽아
너희 집에 불났다
쇠시랑 갖고 나와서
뚤레뚤레 해 봐라

달팽아 달팽아

달팽아 달팽아 춤춰라
뿔 내놓아라 눈 내놓아라
머리 내놓고 춤춰라

풍덩아 풍덩아

풍덩아 풍덩아
장꼬방¹⁾에 물 떠 놨다
뱅뱅 돌아라
풍덩아 풍덩아
손님 왔다 마당 쓸어라

■ 아이들이 풍뎅이를 땅바닥에 뒤집어 놓고 뱅글뱅글 도는 것을 보면서 부르는 소리이다.
1) 장독간.

이밥하여라

이밥하여라
나그네 온다

조밥하여라
미운 놈 온다

■ 게를 잡아 놓고 거품 나오는 것을 보면서 하는 소리이다.

앗추 앗추

앗추 앗추
천길이냐 만길이냐
범의 다리는 똑깍
내 다리는 승승생생

■ 높은 데서 뛰어내릴 때 하는 소리이다.

피리야 피리야

피리야 피리야
닐닐 울어라
너희 아버지는
나무하러 갔다가
범의 앞에 물려 죽었다

피리야 피리야
닐닐 울어라
너희 어머니는
소금맞이 갔다가
소금물에 빠져 죽었다

■ 피리를 불다가 소리가 잘 안 나면 피리를 보고 하는 소리이다.

자장자장
우리 아가

금자동아 은자동아 만금같이 귀한 동아
금을 주면 너를 사며 은을 주면 너를 살까
남의 애긴 못도 자고 우리 애긴 잘도 잔다
청삽사리 잘도 잔다 감장개도 잘도 잔다

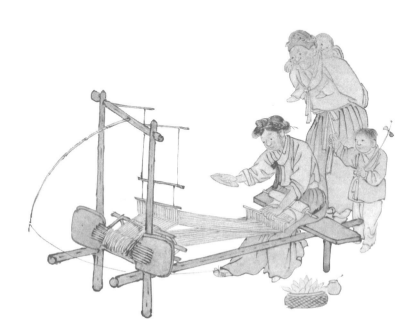

자장가 1

금자동아 금자동아
만금같이 귀한 동아
금을 주면 너를 사며
은을 주면 너를 살까
부모께는 효자동아
일가문엔 화목동아
나라님껜 충신동아
남의 애긴 못도 자고
우리 애긴 잘도 잔다
청삽사리 잘도 잔다
감장개도 잘도 잔다
흰둥개도 잘도 자고
노랑개도 잘도 잔다
바둑개도 잘도 자네

자장가 2

옥자동아 금자동아 칠기천금[1] 보배동아
만첩산중 옥포동아 오색 비단 채색동아
팔만장안 이탄동아 무하자의 백옥동아
하늘같이 높으거라 천자같이 높으거라
우물 안의 옥녀신가 우물 밖에 서기瑞氣신가
불탄 집에 화기신가 약대[2]같이 굳세거라
명잠 자고 복잠 자고 영화부귀 잠을 잔다

---

1) 옻칠한 그릇 안에 든 많은 돈. 아주 귀한 물건.
2) 낙타.

자장가 3

은자동아 금자동아 세상천지 으뜸동아
부모에게 효자동아 나라에는 충신동아
얼음 궁게[1] 수달피야 시내 밑에 미나리야
무주공산 잣송이냐 청산 봉안 대추씨냐
날아가는 학선인가 구름 속에 신선인가
옷고름 밑에 옥동자요 수파련에 밀동자라[2]

산수 불공 내 아들아 노구메 진정 내 딸[3]아
은을 주면 너를 주랴 금을 주면 너를 사랴
남전북답 장만한들 이에서 더 좋으랴
산호 진주 얻었은들 이에서 더 좋으랴
대장 되면 을지문덕 충신 되면 대의숙지
둥둥 둥게야 둥게 둥게 둥게야
둥둥 둥둥 둥게야 둥게 둥게 둥게야

---

1) 구멍에.
2) 수파련은 종이로 만든 연꽃으로, 잔치 때 쓴다. 밀동자는 밀랍으로 만든 아이의 형상인데 수파련
   에 장식한다.
3) 노구메는 신령에게 제사 지내기 위해 작은 솥에 지은 메밥. 신령에게 기도 드려 얻은 귀한 딸이란
   뜻이다.

자장가

은자동아 금자동아 무아자태 백옥동아

천지 만물 일월동아 아국 사랑 간간동아

하늘같이 어질거라 땅같이 너릅거라

금을 준들 너를 사랴 은을 준들 너를 사랴

천지 인간 무가보無價寶[1]는 너 하나뿐이로다

---

1) 값으로 따질 수 없는 한없이 귀한 보배.

자장가 4

자장자장 워리자장 우리 애기 잘도 잔다
우리 애기 꿈나라로 올라가서
옥황님께 배알하고 극락세계를 구경하고
선경에 올라가서 연화대[1]를 구경하고
팔선녀 노는 데를 어정어정 찾아가서
천도화天桃花를 꺾어 들고 이럭저럭 구경할 제
구경에 잠탁하여 엄마 생각 잊었다가
청의동자[2] 만나보고 홍의동자 상봉하니
엄마 생각 절로 나서 두 눈을 뜨고 보니
허무맹랑 꿈이로다

우리 오만 곁에만 지나며 자장가를 불러준다
꽃밭에는 오색나비 모여 오고
장풍밭[3]에는 금잉어 오고
풀밭에는 귀뚜라미 날아오고
갈밭에는 너구리 오고

---

1) 부처가 앉아 있는 성스러운 자리.
2) 신선의 시중을 든다는 푸른 옷을 입은 아이.
3) 창포가 우거진 곳.

콩밭에는 비둘기 오고
애기 눈에는 잠이 온다

남의 애기 안두 자는데
우리 애기 잘두 잔다
자장자장 워리자장
우리 간놈⁴⁾ 잘두 잔다

자장가

자장자장 워리자장 자장자장 워리자장

우리 애기는 단젖 먹구두 아니 자는데
앞집 애기는 쓴젖 먹구두 잘두 잔다

자장자장 워리자장 개야 개야 짖지 마라
나그네 와야 좋지 갓난애 재운 것 깨나겠다

강낭밭에 오소리 오구 수수밭에 멧돼지 와서
다 결딴내면 어떻게 살겠니

---

4) 갓난애.

어서 일해야 먹구 살지 너 안 자면 어떡허겠니

자장가

자장자장 윙이자장 우리 애기 잠을 잔다
우리 애기 꾸는 꿈은 용꿈이요 복꿈이다

칠년대한 가문 날에 산에 물은 비가 되어
논밭마다 내리는 물 집집마다 내리는 물

보릿고개 험한 고개 백옥 같은 쌀이 되어
부엌마다 내리는 눈 방방마다 내리는 눈

우리 애기 자는 꿈은 만인간이 그리는 꿈
쥐도 개도 짓지 마라 우리 애기 꿈 잘 꾼다

자장가 5

자장자장 워리자장
우리 애기 잘두 자고 건넛집 애기 못두 잔다

꽃밭에는 나비 오구 자장밭엔 잠이 와요
오다 가다 오동나무
옻나무 아래 지나가려니 옻이 올라 못 가겠고
시당나무 아래서 나무를 보니 배고파서 못 가겠네
섶나무 아래 도토리 주울려니 섶벌기 쐬서 못 가겠고
솔나무 아래 잣씨를 주울려니 송진 붙어 못 가겠네
생강나무 아래 지나가려니 생강내 나서 못 가겠고
개미나무 아래 개미 주울려니 개미 벌기 쐬서 못 가겠네

개멀구나무 아래 가서 개멀구 따 먹으니 목이 붓고
참멀구나무 아래 가서 새 멀구 먹으니 목이 나았네

우리 애기 동산에 낮이면은 해 떠서 좋구요
우리 애기 동산에 밤이면은 달 떠서 좋구나

자장가 6

뒷뜰에 우는 송아지
뜰 앞에 우는 비둘기
언니 등에 우리 애기
숨소리 곱게 잘도 자지
앞산 수풀 도깨비
방망이 들고 온다지
덧문 닫고 기다리지

건너 동리 다리 아래
항수물이 벌겋네
앞산 밑에 큰아기네
심은 호박이 꽃 피었네
김매는 형님 아니 오네
고운 졸음만 혼자 오네

우리 애기 잘도 잔다
뒷집 개도 잘도 잔다
앞집 개도 잘도 잔다
오동나무 가지 위에

봉황새의 잠일런가
수명 장수할 잠 자고
만고 충신 될 잠 자자

자장가

우리 애기 자는 방에 달이 떠서 비쳐든다
우리 애기 노는 방에 별이 떠서 비쳐든다

달이 뜨고 별 뜬 방에 우리 애기 잘도 잔다
우리 애기 꾸는 꿈은 달 꿈인가 별 꿈인가
달나라 별나라를 학을 타고 떠나는가

자다가도 웃는 얼굴 웃다가도 자는 얼굴
자장자장 우리 애기 밤새도록 잘 자거라

자장가 7

멍멍개야 짖지 마라
꼬꼬닭아 울지 마라
우리 아기 잘도 잔다
자장자장 우리 아기
엄마 품에 푹 안겨서
칭얼칭얼 잠 노래를
그쳤다가 또 하면서
쌔근쌔근 잘도 잔다

자장가 8

자장자장 우리 애기 잘도 잔다
강남 가는 제비는 가갸거겨고교요
궂은비 줄줄 맞아 구규그기과귀라

자장자장 우리 애기 잘도 잔다
날 저문 날 가을 산길 나냐너녀노뇨요
눈물로 넘은 고개 누뉴느니뇌노라

자장자장 우리 애기 잘도 잔다
달 솟아 은파연월 다댜더뎌도됴요
두둥실 배를 띄워 두듀드디되둬라

자장자장 우리 애기 잘도 잔다
낙수 내려 라랴러려로료요
누랑의 님 생각은 루류르리뢰뤄라

자장자장 우리 애기 잘도 잔다
밝은 달밤 바닷가에 마먀머며모묘요
물새는 엄마 찾아 무뮤므미뫼뭐라

자장가 9

자장자장 우리 애기
선녀같이 이쁜 애기
곱게 곱게 자는 방에
괴[1]도 개도 아니 온다
자장자장 우리 애기
샛별같이 맑은 눈에
조랑조랑 맺히어라

---

1) 고양이.

자장가 10

하늘같이 높으거라
큰산같이 우람커라
고고이도 맺힌 설움
서리서리 풀어 다오

바다같이 깊으거라
나무같이 무병커라
남전북답 빼앗긴 땅
네가 들어 찾아 다오

옥석같이 빛나거라
구슬같이 둥글거라
설움 많은 이 세상을
웃고 살게 하여 다오

자장가

은자동아 금자동아
이내 품에 안긴 동아
어서어서 자라나서
세상천지 일꾼 되어
만백성의 복이 되고
나라 안의 기둥 되어
세상을 빛을 내고
어미 마음 풀어 다오

자장가

옥자동아 금자동아
칠기천금 보배동아
네가 커서 어른 되어
백마 타고 나가거든
팔도강산 다 다니며
가난 귀신 몰아내고
우리 세상 찾아 다오

새는 새는

새는 새는 낡에 자고 게는 게는 궁게 자고
나비 나비 꽃에 자고 이슬방울 잎에 자고
중천에 밝은 달은 밤중에 서천 가고
바람도 아니 불고 안개도 아니 날고
고사리 대사리 오로미 꼬로미
이산 저산 산마루에 잎이 지고
언덕 밑에 흐르는 물 감천으로 돌아 있고
개구리는 바위틈에 눈을 감고 자고 자고
송어 새끼 모래 밑에 물을 덮고 자고 자고
이내 나는 엄마 품에 고이 안겨 자고 자고

엄마 품에 잠을 자지

안개 위에 달 내리고
달빛 위에 별 내리고
별빛 위에 밤 내리고
밤은 첩첩 깊었는데
산은 첩첩 깊었는데
돌은 중기 모였는데
나무는 우뚝 서 있는데
누라 누라 어느 누라
잠 안 자고 눈을 떴나

쥐야 쥐야 나오너라
새야 새야 나오너라
대롱대롱 봄철인데
설렁설렁 바람 일어
우수수로 비가 와서
번개 번쩍 소리칠라

쥐는 쥐는 잠을 자고
새는 새는 꿈을 꾸고

돌은 돌은 천년 자고
산은 산은 만년 자고
뜰 앞에 망아지는
눕도 않고 서서 자고
마루 밑에 강아지는
큰 개 품에 잠을 자고
물 밑에 물고기는
바위 품에 잠을 자고
우리같이 어린아이
엄마 품에 잠을 자지

아가 아가 내 딸이야

아가 아가 내 딸이야
금을 준들 너를 사며
은을 준들 너를 사랴
어둥둥 내 딸이야

열 소경의 한 막대
분방 서안 등경[1]
새벽바람 사초롱[2]
댕기 끝에 진주
얼음 궁게 잉어로구나
어둥둥 내 딸이야

남전북답 장만한들
이에서 더 좋으며
산호 진주 얻었던들

■ '심청가'에서 심 봉사가 어린 심청을 안고 부르는 자장가이다.
1) 분통같이 고운 방 책상에 켜 놓은 등불.
2) 비단 초롱.

이에서 반가우랴

표진강의 숙향이가
네가 되어 태였느냐
은하수 직녀성이
네가 되어 내려왔나
어둥둥 내 딸이야

아가 아가 월성 아가

아가 아가 월성 아가
너 어머니 배를 타고
압록강에 놀러갔다
그 언제면 온다더냐

명년이라 춘삼월에
꽃은 꺾어 머리 꽂고
잎을 따서 입에 물고
서울이라 남대문에
연꽃 같은 우리 엄마
나를 보러 오마더라

아가 아가 울지 마라 1

아가 아가 울지 마라 느그 엄마 어데 갔나
동에 동쪽 배를 타고 서에 서쪽 놀러갔다

아가 아가 울지 마라 업어 주고 안아 줄게
용가마에 삶은 개가 멍멍 짖고 달려든다

아가 아가 울지 마라 네가 자야 내가 자지
소록소록 잠이 들어 구중궁궐 꿈을 꾸자

아가 아가 울지 마라 다독다독 재워 줄게
평풍 위에 그린 닭이 홰치도록 자고 자라

아가 아가 울지 마라 달이 지고 별 돋는다
오늘 밤을 자고 나면 집집마다 서기 돈다

아가 아가 울지 마라 2

의붓아비 아빌런가
의붓어미 어밀런가
헌 누더기 옷일런가
보리밥이 밥일런가
상한 고기 고길런가
아가 아가 울지 마라
죽은 엄마 젖이 나나

자장자장 우리 아가

아가 아가 잘도 잔다
자장자장 잘도 잔다

바람 바람 불지 마라
나무 위에서 자는 새들
바람이 불면 흔들리고
세찬 바람이 불어오면
나뭇잎도 떨어진다

자장자장 우리 아가
자장자장 잘도 잔다

아강아강

아강아강 일어나오
앞냇가에 빨래 소리
큰 한길에 풍경 소리
정성 마당에 딸랑기 소리
뒷동산에 토끼 소리
네 궁덩이 해 들었다
어서어서 일어나오

업어 줘도 캥캥

업어 줘도 캥캥
안어 줘도 캥캥
젖을 줘도 캥캥
어쩌라고 캥캥

둥둥둥 내 딸이야

둥둥둥 내 딸이야
둥둥둥 내 딸이야
어화 내 딸 배불렀다
뺑끗뺑끗 웃는 양
터덕터덕 노는 양
코 주저리 입맵시가
너의 모친 닮았구나
어허둥둥 내 딸이야
상초 밭에는 파랑새
피 밭에는 벌겅새
옷고름에는 밀화불수[1]
경대 끝에는 진주 실
엄마 아빠 도리도리도리
자깡자깡 죄얌죄얌
어허둥둥 내 딸이야

---

1) 옷고름에 매달아 놓은 노리개.

둥개둥개

둥개둥개 둥개야 두둥개 두둥개 둥개야

연평 바다에 물 밀리듯 밀려드는 내 사랑아
만첩청산 학선이 날아드는 내 사랑아
금을 주면 너를 사며 은을 주면 너를 살까
옥자동이 금자동이 노구메 정성에 내 딸이야

둥개둥개 둥선아 산제불공[1] 내 보배야
평안도 두부몬가 네모반듯 잘생겼다
세류 청청 꾀꼬린가 황금 갑옷 입었구나

천지 현황 생긴 후에 일월이 밝았으니
해와 달의 정기 받아 우리 동방 조선국에
효자 충신 몇몇이며 열녀 가인 몇몇인가

둥개둥개 둥개야 두둥개 두둥개 둥개야

■ 아이를 안아 들고 어르면서 부르는 노래이다.
1) 산천에 정성을 드려 빌다.

봉의 눈 부릅뜨고 큰칼을 비껴들고
천병만마 대적군을 음아질타[2] 물리쳐라

나라에는 충신동아 집안에는 효자동아
만고문전 봉황새야 솔 중에도 낙락장송
광풍취우 불어와도 독야청청 푸르거라
둥개둥개 둥개야 둥둥 둥개야

둥개둥개

둥개둥개 둥개야 둥둥 둥개야
이 아이가 뉘 아인고 구름 속에 선동인가
녹의홍상 고운 처녀 옥련화를 꺾어 들고
너울너울 춤을 추며 둥개둥개 얼러 주네

둥둥 둥개야 둥개둥개 둥개야
너를 안고 일어서니 안 먹어도 배부르다
너를 업고 일어서니 금수강산을 업은 듯

둥둥 둥개야 소지옥지 내 아들아

---

2) 큰소리로 꾸짖다.

수명장수 무량 부귀 네 아니고 뉘가 하리
병조판서 수군제독 너 아니고 뉘가 하리
둥개둥개 둥개야 둥둥 둥개야

둥개둥개

둥개둥개 둥원아
대밭머리 달덩이야
구름 위에 신선아
눈 구덩이 수달피
눈 진 산에 꽃이냐
아랭이 다랭이 당대추
참깨 들깨 녹두씨
송홧가루 날릴 제
청산보안 옥매화
입으나 벗으나 둥개둥
먹으나 굶으나 둥개둥
둥개둥개 둥원아
이내 품에 안겨라

둥개둥개

둥개둥개 뚝선이

날어간다 학선이

목우둥개 꾀꼬리

평안도 두부모

네모반듯 잘생겼다

아그배 다그배 정다배

비사리 쪽쪽 바위 위에

맹꽁이가 동동

둥개야 1

둥개둥개 둥개야
천하 일등 우리 아기
대장 되어 원수 치고
장사 되어 도적 막고
구년 홍수 내린 물도
막아 내실 우리 아기
둥개둥개 둥개야
둥둥 둥개야

둥개야 2

사모 쓸 머린가 둥실둥실
사선[1] 들 손인가 너실너실
관대[2] 띨 허린가 능청능청
쇠자[3] 신을 발인가 굼실굼실

---

1) 바람과 먼지를 막기 위하여 얼굴을 가리던 비단 부채.
2) 벼슬을 하여 관복을 입을 때 띠는 띠.
3) 수혜자의 준말. 수혜자는 무관이 신던 장화.

떙기떙기 떙순아

떙기떙기 떙순아
오김이짐장 내 딸아
날아들어라 학선아
바람 불어라 풍선아
제비 선천 내 딸아

아가덕아 얼뚱 아가

아가덕아 얼뚱 아가
어허둥둥 내 간간아
금을 준들 너를 사며
옥을 준들 너를 살까
금자동아 옥자동아
어허둥둥 내 사랑아

아가덕아 얼뚱 아가
어허둥둥 내 간간아
댕기 끝에 진주씬가
고름 끝에 맺힌 씬가
만첩청산 보배동아
첩첩산중 일월동아

아가덕아 얼뚱 아가
어허둥둥 내 간간아
남전북답 장만한들
이 위에서 더 좋으며
고관대작 하고본들

이 위에서 더 기쁠까

아가덕아 얼뚱 아가
어허둥둥 내 간간아
이리 봐도 이내 간간
저리 봐도 이내 사랑
어허둥둥 내 간간아
어허둥실 내 사랑아

짝짜꿍 짝짜꿍

짝짜꿍 짝짜꿍
질라래비훨훨
질라래비훨훨
쥐암쥐암 쥐암쥐암
꼭꼭꼭꼭 부부부부
도리도리 도리도리

■ 어린애들에게 고개와 손을 놀리는 것을 가르쳐 주면서 부르는 노래.

풀무 섯무 1

풀무[1] 섯무 섯무 풀무
닭 한 마리 얻어서
고이고이 길러서
날개 나고 벼슬 나고
꼬리꼬리 날릴 때
시렁 위에 얹어라
소곤소곤 일러라
바람 바람 불고
찬비 철철 내릴 제
침침칠야 깊은 밤
답답하고 억울할 제
홰를 치며 울라고
새벽 해를 보자고
닭 한 마리 길러라
옥동자를 길러라

■ 어린아이 겨드랑이를 안아 일으켜 걸음마를 시키면서 부르는 노래이다.
1) 불을 피우기 위해 바람을 일으키는 기구. 널빤지 두 끝을 두 발로 번갈아 가며 밟아 바람을 일으킨다.

풀무 섯무 2

풀무 섯무 마을 갔다 오다가
닭 한 마리 잡아서 텅납새[1]에 끼웠더니
쥐가 물어 갔는지 괭이가 물어 갔는지
왼다리하구 대가리하구만 싹 남겨 뒀구나
그러구 새구 우리 애기 생일날
갯가매에 삶아서 너하구 나하구
소금 찍어 바삭 장 찍어 꼴짝

---

1) 처마의 안쪽 지붕.

달강달강

달강달강 촌에 가서
밤 한 되를 사 왔더니
실경 위에 얹어둔 걸
머리 깎은 새앙쥐가
들랑날랑 다 먹었네

밤 한 톨 남은 것을
마당가에 씨를 부어
이산 저산 심었더니
밤 닷 말이 열렸네
그 밤 닷 말 따다가
실경 밑에 묻었더니
겨울 지나 봄에 보니
밤 한 개가 남았네

이 밤 한 개 삶아서

■ '달강달강', '달공달공', '세상세상'은 어린애를 마주 앉히고 두 손을 맞잡아 앞뒤로 흔들면서 부
  르는 노래이다.

옹솥에서 건져서
조랭이로 물을 찌워
대바구니에 담아 두고
장두칼을 갈아서
이 밤 한 톨 깎아라

쭉쟁이는 던지고
껍질은 소 주고
보늬[1] 벗겨 아재 주고
알맹이는 어매 주고
어매 먹고 남은 건
우리 형제 노나 먹고
우리 먹고 남은 건
앞집 아이 너 먹어라

---

1) 밤이나 도토리 따위의 속껍질.

달공달공

달공달공 세상 달공
서울길로 가다가
밤 한 되를 줏어다가
실겅 밑에 묻었더니
머리 까만 새앙쥐가
들락날락 다 까먹고
밤 한 톨을 남겼네
용솥에 삶을까
가마솥에 삶을까
가마솥에 삶아서
조랭이로 건질까
물박으로 건질까
물박으로 건져서
껍디길랑 검둥이 주고
속껍디기는 고양이 주고
알맹이는 너하고 나하고
둘이 먹자

세상세상

세상세상 서울을 가다가
다리턱을 굽어보니 짚 한 단이 있더라
짚단을 들쳐 보니 황고로[1]가 있더라
황고로를 들쳐 보니 반고로가 있더라
반고로를 들쳐 보니 동고로가 있더라
동고로를 들쳐 보니 당직깨가 있더라
당직깨를 들쳐 보니 밤 한 보소기 있더라
밤 보속을 갖다가 시렁 위에 두었더니
머리 까만 쥐새끼가 다 갖다 먹고서 오마 두 톨 남았구나
겉꺼풀 벗겨 소 주고 보늬 벗겨 도야지 주고
알을랑은 너와 나와 단둘이만 노나 먹자
세상세상 세상세상

---

1) 고로는 버들가지로 만든 그릇.

우리 나라 가요에 대하여

우리 나라 가요는 오랜 전통을 가지고 있다.

아득한 옛날부터 우리 인민은 노동을 즐겨하였을 뿐 아니라 노래도 좋아하였다. 고구려에서는 해마다 10월에 가을걷이가 끝나면 남녀노소가 한데 모여 흥겹게 노래를 부르고 춤을 추었는데 그것을 '동맹東盟'이라고 하였다. 예濊의 '무천舞天'과 부여의 '영고迎鼓'들도 다 제천 의식으로서 수많은 사람들이 한데 모여 노래도 하고 춤도 추면서 즐기었다. 이러한 노래와 춤은 당시 인민들의 노동에 대한 기쁨과 행복에 대한 지향을 반영하는 것으로 볼 수 있다.

고대 인민들의 생활은 노래와 깊이 연결되어 있다. 노래 자체가 노동 속에서 태어났으며 인민들은 노동을 통하여 삶을 개척하고 거기서 희열을 찾았다. 집단 노동과 군중 행사 등에는 낙천적이며 씩씩한 노래들이 불렸다.

산 좋고 물 맑은 아름다운 강토에서 노동과 생활을 즐기며 부른 옛 조상들의 노래 속에 우리 민족 문학과 예술은 깊이 뿌리를 내렸으며 오늘에 이르기까지 줄기차게 흘러 내려왔다.

오랜 역사를 거쳐 인민들이 창조한 우리 가요에는 자주적이며 창조적인 생활을 지향하여 벌여 온 우리 인민들의 투쟁과 생활이 진실하게 담겨 있다.

고대에는 수많은 인민 창작들이 있었으며 가요는 그 가운데서 중요한 자리를 차지하였다. 그러나 우리 글자가 없었으므로 원형 그대로 전해지지 못하고 한

자로 기록되어 전해졌는데 그 수가 매우 적다.

봉건 지배층은 인민 가요를 천시하였다.

고구려 가요 '내원성', '연양', '명주곡'과 백제 가요 '선운산', '무등산', 신라 가요 '여나산' 들은 당시 인민들 속에 널리 불렸던 노래들이다. 그러나 봉건 지배층은 '속되고 상스러운 노래'라고 하여 의식적으로 없애 버렸다. 내용은 전하지 않고 노래 이름만 전하는 것이 40여 편이 된다.

신라 진성 여왕과 조선 연산군은 인민들이 노래로 왕을 비방한다고 하여 탄압하였으며 연산군은 한글을 쓰는 것까지 금지하였다.

888년에 《삼대목》이라는 향가집이 편찬되었다는 기록이 있으나 전하지 않으며 그 후 600여 년 동안 민간 가요는 한 번도 수집, 정리되지 못하였다. 15세기 중엽부터 16세기 초에 걸쳐 일부 음악가들과 학자들이 《악학궤범》, 《악장가사》, 《시용향악보》 같은 음악 서적들을 편찬하였는데, 그 가운데 고대 가요 몇 편이 실려 있다.

15세기 중엽에 《용비어천가龍飛御天歌》, 《월인천강지곡月印千江之曲》과 같은 지배층의 사상 감정을 반영한 시가들은 여러 차례 출판되었으나 인민 가요는 관심조차 받지 못했다.

16세기 이후에도 인민들이 창작한 가요들은 여전히 천시되어 제대로 수집, 정리되지 못했고, 한 번도 집대성할 기회를 가지지 못하였다.

우리 나라 고전 가요들은 14세기 이전과 이후로 나누어 살펴볼 수 있다.

14세기 이전 가요는 현재 전하는 것만 보아도 내용이 매우 다양하다. '영신가迎神歌'처럼 고대 인민들의 노동 생활과 건국 신화가 결합된 것이 있는가 하면 '동동'처럼 일 년 열두 달의 소박한 농민 생활이 노래 속에 흐르는 것도 있고, '정읍사'와 같이 여인의 애정이 넘쳐흐르는 노래도 있다. '공후인'에서는 죽은 남편을 따라 물에 빠지는 여인을 통하여 부부간의 애정을 잘 보여 주고 있다.

고려 때 가요들은 내용이 더한층 풍부하며 아름답다. '청산별곡', '서경별곡'

같은 절가 형식의 가요에는 당시 인민들의 굳건하면서도 다정다감한 생활 감정이 넘쳐나고 있다. 그리고 한자로 번역된 고려 가요 중에도 당시 인민들의 선량한 성품과 근면한 생활, 간절한 염원 들이 반영되어 있다.

《삼국유사》와 같은 문헌을 통해 전하는 참요들에는 당시 사회 경제 제도와 통치자들에 대한 인민들의 강한 비판과 저주가 담겨 있다.

14세기 이후 가요는 내용을 크게 사회 정치에 관한 것과 노동에 관한 것, 그리고 생활 일반에 관한 것 들로 나눌 수 있다.

사회 정치를 반영한 가요 가운데는 외래 침략자를 반대하는 내용과 봉건 통치배를 반대하는 내용이 가장 큰 비중을 차지하고 있다.

외적이 조국을 짓밟을 때마다 우리 인민들은 용감무쌍하게 싸워 적을 물리쳤으며 투쟁 과정에서 애국적인 내용을 담은 노래들을 지어 불렀다.

일상적으로 인민들을 괴롭히는 것은 봉건 통치배들과 양반들이다. 인민들은 통치자들과 오랫동안 투쟁해 왔으며 그 과정에서 수많은 노래들을 지어 불렀다.

참요에는 통치배들의 죄행과 부패상을 풍자적으로 폭로하고 어떤 사변이 닥칠 것을 예언하는 내용을 담았으며 19세기 후반에는 계몽 가요를 통하여 애국 계몽 사업을 반영하였다.

노동가요는 우리 나라 인민 가요의 기둥을 이루고 있으며 노래 수도 가장 많다. 노동가요는 노동의 종류와 노동하는 사람에 따라 여러 가지 형태로 다양하게 발전했지만 가장 중심되는 것은 농사 노래이다. 농사 노래는 농사 일반에 대한 노래뿐 아니라 씨를 뿌려 모를 가꿀 때부터 가을걷이를 하여 탈곡할 때까지 모든 공정들을 담고 있다. 그중에도 '모내기 노래'나 '김매기 노래'는 가짓수가 많고 내용도 풍부하다.

여성 노동가요로는 길쌈 노래가 가장 발전하였다. 물레 노래, 베틀 노래, 삼삼기 노래 들은 가락과 가사가 다양하다. 여성 노동가요의 공통된 특징은 사사조 가락이 많고 유창하다는 것이며 그중에는 긴 이야기를 조용한 가락에 태워 펼쳐 나가는 것도 있다.

노동가요 가운데는 뱃노래도 수가 많으며 가락이 아름답다. 사나운 바다와 싸우며 일하는 뱃사람들의 노래라 힘차면서도 멋들어지며 낙천적인 분위기가 풍긴다.

'풀무 노래', '달고 소리', '톱질 노래' 들은 수공업과 관련된 노래이다. 쇠를 다루고 건축물을 일떠세우는 내용을 담고 있어 노래들은 구절구절 힘이 있고 호흡이 거세차다.

생활 일반에 관한 가요에는 부녀 가요, 민속 가요, 애정 가요, 세태 가요, 서사 가요, 자연에 대한 가요, 동요 들이 속한다.

부녀 가요에는 봉건 제도 아래에서 이중 삼중으로 고통받으며 살았던 여인들의 삶이 담겨 있다. 제한된 삶 속에서도 우리 여인들은 생활을 사랑하고 부모를 받들고 금이야 옥이야 아이들을 길렀으며 부닥친 고통을 조용히 참아 나갔다. 이런 생활에서 우러나온 노래이므로 부녀 가요는 구속에서 벗어나려는 마음을 담고 있으면서도 그 정서가 소박하고 조용하다.

생활 일반에 관한 가요들은 정치 가요보다 사상성이 강하지 못하고 노동가요처럼 집단정신이 담겨 있지는 않지만, 당시 시대상이 소박한 말과 가락 속에 잘 반영되어 있다.

정형시 형식의 가요로서 가장 오래된 것은 향가이며 향가에는 4구체 향가, 8구체 향가, 10구체 향가가 있다. 그 가운데서 가장 완성된 형식을 갖춘 것은 10구체 향가이다. 10구체 향가는 마지막을 이루는 종장 첫머리에 감탄사가 있는 것이 특징이다.

14세기에 많이 창작된 경기체 가요는 노래 끝에 '경 긔 어떠하니잇고' 라는 후렴을 다는 것이 특징이다.

우리 나라 가요 형식에서 또한 지배적인 것은 민요 형식이다.

민요 형식은 종류가 수없이 많을 뿐 아니라 특정한 규범이 없으며 주로 가락에 맞추어 불렀다. 그러므로 민요 형식의 노래에는 음절 단위의 율조들이 중요한 역할을 한다.

우리 말의 특성에 따라 3음절을 단위로 한 삼삼조와 2음절의 결합을 단위로 한 사사조는 우리 나라 가요 운율의 기본을 이루고 있다.

삼삼조와 사사조는 서로 넘나들기도 하고 엇바뀌기도 하면서 각양각색의 다양한 조화를 이루어 수다한 율조를 탄생시켰으며 그 율조들은 수많은 민요 가락을 이루고 있다.

우리 민족의 가요 유산을 올바로 계승 발전시키기 위해서는 옛날 가요들이 가지고 있는 시대적 제약성과 부족점 들을 정확하게 인식하여야 한다.

고가요는 오랜 옛날에 창작되었으므로 시대적 제약성이 많다. 고가요 중에서 민요 성격을 띤 노래들은 인민의 의사와 생활 감정이 적지 않게 반영되어 있지만, 향가, 경기체 가요, 신앙 가요 들에는 부정적인 요소가 강하다.

《삼국유사》에 수록된 향가들은 불교 색채가 짙다. 그중에도 '원왕생가' 나 '도솔가' 는 불교를 신비화하고 있다. 균여의 향가는 불교 사상이 《삼국유사》의 향가보다 더 강하다. 그것은 작가인 균여가 중일 뿐 아니라 향가 자체가 불교를 알리려는 목적으로 씌어졌기 때문이다.

경기체 가요는 봉건 유교 사상이 강하게 반영된 가요로 양반 벼슬아치들과 유생들의 풍류 생활은 있어도 인민의 정서와 감정은 들어 있지 않다. 대표작이라 할 수 있는 '한림별곡' 에는 중국 서적들의 이름이 나열되어 있는가 하면 온갖 술 이름이 나열되어 있다. 이 노래도 정형시로서 형식미를 갖춘 데만 문학사적 가치가 있다.

14세기 이후 가요들에도 시대적 제약성에서 오는 결함들은 수많이 나타나고 있다.

노동가요들 중에도 '국태민안' 이니 '시화연풍' 이니 하고 당시 불합리한 봉건 사회 제도를 찬양한 것이 있는가 하면, 임금을 섬기며 '국곡' 을 먼저 바치자고 강조한 것들도 있다. 봉건 통치배들이나 봉건 제도를 바로 보지 못하였을 뿐 아니라 그것을 지지하고 찬양하였던 것이다.

부녀 가요나 신세를 한탄한 노래들에는 당시 인민들이 겪는 모든 불행을 '팔자소관'으로 돌리면서 체념한 노래들이 많다. 현실의 고통을 뼈가 저리도록 느끼면서도 고통의 원인을 불합리한 사회 제도에서 찾은 것이 아니라 죄 없는 자신한테서 찾은 것이다.

생활의 고통을 견디기 어려웠던 일부 사람들은 신을 믿고 '다음 세상'을 믿었으며 '신령'이 복을 가져다 줄 것을 바랐다. 서사 가요의 '이공 본풀이'나 '창세가'와 같은 가요들은 당시 생활 풍속, 종교와 미신을 아는 데 참고가 된다.

세태 가요란 병들고 허물어져 가는 시대상을 나타낸 가요로서 그 속에 울분도 있고 비탄도 있고 반항 정신도 살아 있기는 하지만, 적지 않은 노래들이 자포자기에 흐르거나 저속한 감정을 반영하고 있다.

이밖에도 옛날 가요에는 과학성이 부족하고 지나친 과장과 유형화된 감정들이 진실성을 잃게 하는 등 여러 가지 결함과 부족점 들이 있다.

우리는 지난날의 가요 유산을 역사주의 원칙과 현대성의 원칙에 튼튼히 서서 하나하나 따져 보며 긍정적인 측면들을 적극 발양시켜야 할 것이다.

《가요집》은 고대부터 19세기 말까지 우리 나라 가요를 정리 편찬한 것이다.

가요란 가락에 맞추어 부르던 노래를 통틀어 이르는 말로 옛날에는 '가歌'와 '요謠'를 나누어 '가'는 음악과 함께 부르는 노래, '요'는 음악 없이 부르는 노래로 해석하기도 하였다. 이 해석도 가요라는 말이 포괄하는 범위가 매우 넓다는 것을 말해 준다. 가요는 노래라는 말과 거의 같은 뜻으로 씌었다.

이 《가요집》은 고대부터 전해 내려온 우리 나라 가요들 가운데서 사상성이 높은 것, 인민들의 생활이 잘 반영되어 있는 것, 민족 정서가 풍부한 것, 시대상이 반영되어 있는 것, 형식미가 갖추어져 있는 것 들을 가려 뽑았다.

궁중에서 부르던 '아악'이나 봉건 통치배들이 부르던 노래는 제외하고 인민들이 직접 지어 부른 노래들을 기본으로 하여 인민들의 사랑을 받으며 인민들 속에 유포되던 노래들을 되도록 많이 수록하였다.

고대 가요는 기준을 달리하였다. 고가요는 그 시대의 가요 형식, 언어, 시대상들을 이해하는 데 필요한 문헌적 가치가 있으므로 인민이 직접 부른 노래가 아닌 것들도 수록하였으며 종교 관습과 봉건 유교 사상에 기초하고 있는 가요들도 수록하였다. 그러나 인민의 삶과 많이 어긋나는 가요들, 곧 균여가 지은 향가의 많은 부분과 여러 편의 무당 노래와 일부 참요 들은 제외하였다.

또한 고려 때 시인 이제현이 쓴 '악부시' 들은 수록하였다. 이제현이 쓴 악부시들은 자기 시상을 가지고 쓴 시라기보다 당시 민간에 널리 퍼져 있는 민요들을 그대로 번역한 것이기 때문이다.

여러 문헌들에 실려 있는 참요는 특별히 다루었다. '참요' 라는 말 자체가 비과학적이며 내용이 매우 모호한 것들도 많으나 그 노래들이 다 지배 계급과 불합리한 사회 제도에 대한 인민들의 비판 정신을 반영하고 있기 때문이다.

중세 가요에는 한자가 수없이 많으며 봉건 유교 사상이 많이 반영되어 있으나 그런 가요들도 역사적으로 가치가 있어 수록하였다. 민간 신앙과 관련된 무당 노래도 당시 사회를 이해하는 데 참고하기 위해 몇 편을 수록하였다.

19세기 후반 망국의 비운을 반영한 세태 가요들도 그 시대상을 반영하여 나온 것이라는 뜻에서 수록하였다.

가요의 분류는 시대순에 따른 분류 방법과 내용에 따른 분류 방법을 함께 사용하였다.

고대부터 14세기 말까지의 고대 가요는 크게 시대순으로 분류하고 그 안에서 표기 수단을 가지고 다시 분류하였다.

14세기 이후 가요들은 내용에 따라 분류하였다. 이 시기에는 이두로 표기된 가요는 없고 한자로 번역된 가요들이 있기는 하나 한글이 제정된 다음에 한자로 번역된 가요란 별로 의의가 없으므로 취급하지 않았다. 다만 참요만은 한자로 번역된 것을 포함시켰다.

가요는 되도록 중복을 피하였으나 긴 가요의 한 부분이 다른 가요의 한 부분과 같다든가 서로 비슷하나 다른 특색을 가지고 있는 가요들은 양쪽을 다 보여 주었다. 표기 방법은 현행 철자법을 기본으로 하면서도 고가요는 옛 표기들을 그대로 두었으며, 가요의 특성을 살리기 위하여 사투리, 와전된 말 들을 그대로 두었다. 전달자의 잘못이나 잘못된 기록으로 뜻이 통하지 않거나 반대로 되는 것들은 바로잡았다. 가요의 해제나 주석은 되도록 간단히 달았다. 한자로 번역된 가요나 이두로 표기된 가요는 내용을 이해하는 데 도움을 주려고 노력하였으며 한자나 이두의 해독에는 관심을 돌리지 않았다. 사연이 있는 노래들은 되도록 그 사연을 밝혔으며 일부 가요들은 그 가락에 대해서도 설명을 하였다.

사투리는 내용을 이해하지 못할 만큼 심한 것이 아니면 주석을 달지 않았으며 문법이 틀리거나 말이 앞뒤가 맞지 않는 것도 내용을 이해할 수 있는 정도면 주석을 달지 않았다. 모르는 말들도 그대로 두었다.

우리 나라 가요의 정리와 편찬은 앞으로 더 널리 연구하여 계속 완성해 나가야 할 것이다.

1. 부녀 가요

봉건 사회에서 여성들은 이중 삼중의 고통을 겪었다. 그러니 부녀 가요들은 어느 것을 봐도 여성들의 슬픔과 한, 피눈물 고인 아픔이 서려 있지 않은 것이 없다.

부녀 가요를 대표하는 시집살이 노래들은 예외 없이 고통을 호소한 노래들이다. 시부모의 호통과 심한 가난, 어리석은 남편과 시누이의 고자질 속에서 곱던 얼굴에 주름살이 잡힌다. 참다못하여 중이 되려고 집을 나가 보아도 고통의 연속이다.

남편을 잃고 한평생 혼자 살아야 하는 과부의 원한을 노래한 과부가와 함께 첩에 관한 노래도 묶었다. 남편이 첩을 얻으면 본처들은 더한층 억울하고 고통스러워 혼자서 가슴을 썩이다가 목숨을 끊기도 하였다.

부녀 가요 가운데 한 가닥 즐거움을 주는 것은 자장가이다. 여성들에게 아이를 기르는 일은 매우 소중하고 아이를 안고 있으면 온갖 시름이 사라진다. 아이에게 희망을 걸어 밝은 내일을 축원하는 어머니의 심정을 노래로 담았다.

2. 여성 노동가요

정미 기계가 없던 옛날에는 방아 찧는 일이 모내기나 김매기 못지않은 중요한 일이다. 절구방아, 도구방아, 연자방아, 물레방아, 맷돌방아 등 도구에 따라 일이 달랐으며 따라서 노래도 달랐다. 그중에도 제주도에만 있는 맷돌방아는 수많은 맷돌방아 노래들을 만들었다. 방아타령은 '자진방아 타령'도 있으나 율조가 느린 것이 많으며 여성 노동가요에 속하는 것이 많다.

길쌈 노래는 가장 대표적인 여성 노동 노래이다. 그중에서도 '베틀 노래'는 오랜 옛날부터 전통을 이루어 여러 지방에서 널리 불렸다. '베틀 노래'는 서정적인 노래도 있지만 서사적 성격이 강한 긴 노래도 많다. 아무리 일을 해도 가난만 차례지는 처지를 한탄하고, 당시 지배자들에 대한 반항이 푸념과도 같은 소극적인 방법으로 반영되어 있다.

나물 노래는 산에, 들에 나물 캐러 다니며 부른 노래라 밝고 명랑하다.

3. 애정 가요

애정 가요에는 부모 친척에 대한 사랑, 남녀 간의 사랑을 노래한 가요를 아울러 실었다. 부모 잃은 아이의 설움, 불행하게 된 형제를 동정하는 노래, 시집가는 딸을 걱정하는 부모 마음 등 사연도 많고 가락도 슬픈 노래들이다.

19세기 후반에 들어와서 봉건 사회가 흔들리고 개화운동과 함께 자유연애 사상이 싹트기 시작하자 사랑 노래들이 적지 않게 불렸다. 그러나 남아 있던 봉건 도덕과 망국의 비운으로 애정 가요는 제대로 발전하지 못하였으며 가사와 가락 들에는 불안과 슬픔, 절망이 담겨 있다.

4. 동요

우리 나라 동요는 오랜 전통을 가지고 있으나 지금 전하는 동요들은 거의 모 두가 19세기에 불린 것이며 그 뒤에 수집된 것들이다.

아이들의 생활에는 놀이가 기본이므로 놀이에 대한 노래들이 많다. 그러나 어 느 노래를 보아도 장난감 하나 가지고 논 흔적이 없다. 양반집이나 부잣집에서 는 값비싼 노리개나 장난감을 만들어 주지만 가난한 아이들은 흙장난이 아니면 맴돌기를 하거나 무리를 지어 뛰어다니면서 노는 수밖에 없었다.

그 밖에 부모 생각, 놀려주기, 말재간, 꽃 노래, 새 노래 들을 담았다.

엮은이 김상훈

김상훈은 1919년 경상남도 거창에서 태어났다. 이어서 한문을 공부했으며, 연희전문학교를 졸업했다. 학도병이 되기를 거부해 졸업하면서 바로 원산철도공장으로 끌려가 징용살이를 했다. 병으로 돌아온 뒤 항일 활동을 하다가 1945년 1월에 붙잡혀서 서대문 형무소에서 징역을 살았다.

해방 뒤 조선문학가동맹에 참여하여 왕성하게 시를 써 발표했다. 1946년에는 김광현, 이병철, 박산운, 유진오 들과 《전위시인집》을 펴냈다. 한국 전쟁 때 종군 작가로 전선에 들어갔다가 북에 남았다. 북에서는 시를 쓰는 한편, 고전 문학을 오늘의 세대에게 전하는 일에 힘을 쏟았다. 1987년 69세의 나이로 세상을 떠났다.

예부터 내려온 민간의 노래를 정리해 '가요집'을 엮었고, 우리 역사의 한시들을 골라서 '한시집'을 엮었다. 아내 류희정과 이규보 작품집을 두 권으로 엮은 것이 2005년에 《동명왕의 노래》와 《조물주에게 묻노라》로 남에서 출간되었다.

겨레고전문학선집 37

타박타박 타박네야

2008년 7월 30일 1판 1쇄 펴냄 | 2009년 6월 12일 1판 2쇄 펴냄 | **엮은이** 김상훈 | **편집** 김성재, 남우희, 이종우, 전미경, 하선영 | **디자인** 비마인bemine | **영업** 김지은, 백봉현, 안명선, 이옥한, 이재영, 조병범, 최정식 | **홍보** 조규성 | **관리** 서정민, 유이분, 전범준 | **제작** 심준엽 | **인쇄** 미르인쇄 | **제본** (주)상지사 | **펴낸이** 윤구병 | **펴낸곳** (주)도서출판 보리 | **출판 등록** 1991년 8월 6일 제 9-279호 | **주소** 경기도 파주시 교하읍 문발리 파주출판도시 498-11 우편 번호 413-756 | **전화** 영업 (031) 955-3535 홍보 (031) 955-3673 편집 (031) 955-3678 | **전송** (031) 955-3533 | **홈페이지** www.boribook.com | **전자 우편** classics@boribook.com

ISBN 978-89-8428-549-1 04810
      978-89-8428-185-1 04810(세트)

이 책의 국립중앙도서관 출판시도서목록(CIP)은 e-CIP 홈페이지(http://www.nl.go.kr/cip.php)에서 볼 수 있습니다. (CIP 제어 번호: CIP2008002154)

이 책은 한국문화예술위원회의 문예진흥기금 지원을 받았습니다.